もしかしたら僕はひばりを好きだったのかもしれないな、と初めて本気で思ったのは、ひばりがいなくなった町を、普通にバカっぽい高校生として初めて茶髪にして、シャツの裾を制服からはみ出させながら、小腹が空いた放課後、コンビニにカップ麺を買いに行こうと海岸をひとりたらたらと歩いているときだった。

おや？　この満ち足りた、ど真ん中を歩いてるはずの人生になんか足りない、と思った。ひばりがいなくなってからずいぶん経ってからのことだった。

なんだろう。

そうか、ひばりか！

ひばりがいなくて僕は淋しいのか。こんなにもか。え？　こんなに？　だって、人生これからなのに？　なにも楽しみに思えないなんて。

そう思った。胸に穴が空いていて、あの人物以外の誰にも埋められない。

その感じは父が死んだときとかなり似ていたが、そのときに比べて僕の周りは平穏だったので、いっそう気持ちのやり場がなかった。

なにも変わらない毎日なのに、ひばりだけがいない。

いつも通りの穏やかに長く続く浜辺、後ろは防風林の松の緑が色濃く続いていた。

空は高く抜けるような青で、緑の山はこんもりと丸かった。

もうすぐ夏が来るのに、ひばりには会えないのか。ずっといっしょに育ってきたのになあ。

泣きはしなかった。泣くよりも深い虚しさがあることを、僕はそのとき人生で初めて知った。

頭の上の真っ青な世界を、茶色いとんびが高く鳴きながら舞っていた。

もう僕の世界にあいつはいないんだなあ、と思いながら、その透明な空を眺めていた。

海はくりかえし美しい音をたてて、浜に透明な波を寄せていた。

ひばりの横顔が隣にずっとある感じがどうしても消えなかった。

砂を嚙んでいるような、進みの遅い日々だった。

ひばりのことをふと考えるといつも、中三のときの秋の夜、ふたりで散歩した思い出が蘇ってきた。

僕たちは夕暮れ、校庭でばったり出会った。

もう空が暗くなりかけていたから、僕は送っていくと言った。ひばりはにっこりと笑って、送らなくていいよ、でもいっしょに帰ろう、と言った。

そのとき、ひばりの両親はまだバーをやっていて、ひばりは鍵っ子だった。うち来る？と聞いたら、今日は昨日のごはんの残りがあるから帰って宿題やることにするね、ありがとう、とひばりは言った。

近道をして、港経由で歩いて行った。

かなり暗い場所で、女子はひとりでその道を通らないのだが、いっしょなら問題はなかった。

その小さな港の近くには両親がいつも魚を買っている、ひばりの両親もそこの商品を店に仕入れている、魚貞さんという屋号の魚屋さんの家の人たちも住んでいた。

もしもガラの悪いやつらにからまれても、そこにかけこめば大丈夫だったので、僕たちの青春は全般的に平和だった。

そもそもほとんど過疎に近いくらい人が少なくなっていたので、荒れるほどの数の若者がいなかったというのもあるのだが。

足元が暗くなっていく中、港の灯りがちらちらと海に映っているところで、急にひばりは立ち止まった。

ひばりの細いシルエットと、ちょっと首をかしげたときにきれいなあごが見える感じが好きだった。長いまつ毛がじゃまそうな感じとか。

そして僕には、そんな若さのときでもわかっていた。その年齢のひばりが最高にきれいだっていうことを。いつか歳をとって、僕らがどうなっていたとしても、このひばりを思い出すだろうということも。

その、思わず目で追ってしまうほどきれいな、野生の鳥みたいな姿を。

この手で触れたら害してしまいそうな美しさを。

「秋って景色が急に淋しくなるなあ。夏はビーチに人がいっぱいで、ライフセーバーもいるし、海の家もあるし、テントやパラソルもあんなに色とりどりでにぎやかだったのに。なくなるときはあっという間。」

僕は言った。

「私、このがらんと淋しい感じも含めてこの海が大好き。浜も、港も。飽きることはないなあ。私、一生ここでいい。ずっとここで暮らしたいな。それでずっとこんなふうにいっしょに歩きたい。」

ひばりはごきげんな感じで言った。

「わからないよ、お互い大学生になったら東京に出ていきたいかも。それですっかり気持ちが変わってしまうかも。」

僕は言った。

「つばさが行くなら行こうかな。つばさは私の憧れなの。それがどのくらい強い気持ちかわかる?」

それはひばりが小学校のときから僕にし続けてきた告白の何回目だっただろうか。

仲のいいふたりの気持ちは同じようでいて、全く嚙み合っていなかった。

涼しい風が吹き抜ける黄昏どき、小さな漁港の、ボートや漁船が並ぶ埠頭で、波がちゃぷちゃぷと堤防のコンクリートやテトラポッドを洗う場所で、潮の香りに包まれながら、ひばりは僕に言った。

「俺だって、ひばりを全然嫌ってない。むしろ好きだけど。」

　僕は言った。

　言いながらもわかっていた。そのときの僕は十五歳、いちばん気持ちを素直に言えないはずの年齢なのに、こんなふうに自分が思っていることを相手の女の子に普通に言えてしまう、しかも１００％正直に。それはもう、恋してないっていうことだと。

　もっと照れたり、おかしな意地をはったり、見つめていないふりをしたり、普段の僕は気がある子にいつだってそうなってしまった。自分が自分でなくなるような、言いたいことがちっとも言えないような、そういうふうに。

　ここまで心が澄んでいるなんて、しかも思ったことがじゃんじゃん言えてしまうなんて、ありえない。

　だから僕のひばりに対する気持ちは妹、もしくはいとこに対するものと同じ、それはわかっていた。そんなにも好きと言われすぎたら、そして家族や友だちみたいな時間を長く過ごしすぎたら、どんな男女だってそうなってしまうものなのだということも。

　ひばりのことを、好きか嫌いかで言えば、ひばりにいつも伝えている通りに、もちろん好きだった。

彼女は夢の中に出てくる人のようで、近くにいてもどこか遠い存在だった。

いつも予想のつかないことをして、しかしそこには常に彼女なりの筋道があった。生きにくそうなひばりのその尖った才能のようなものや筋が通った生き方に魅せられていたのも確かだった。

不思議なことに、彼女は僕にとって決して重くはなかった。僕に対して言っていることとやっていることはメガトン級に重いのに。

どんどん暗くなっていく薄闇の中、街灯の灯りに照らされたひばりの頬は赤く燃え、唇はピンクだった。みかんのふさみたいにきれいな筋が入っていた。こんなきれいな形、神様はどうやって思いついたんだろうと思うような唇だった。そしてちょっとつり目の大きな瞳は気高い猫のよう。

でも触りたくならない、見ているのは好きなんだけれど。僕はおかしいのだろうか、だめだろう、こんなことじゃ。そう思ったのを覚えている。

あと少し、数センチなにかがずれていたら、僕だって熱狂的に好きなんだけどなあ、そう言いたかった。

でも、それってどういうことなのか、自分でもわからなかった。ひばりのケツはただのケツで、触りたいというファンタジーがないんだよ、これも違う。傷つけたくないからじゃない。自分の気持ちがほんとうに謎なのだ。僕の彼女に対する気持ち。かわいくは思う。愛しくも思う。しかし壁がある。その壁は越えられない壁で、ひばりが僕を欲すれば欲するほど、なぜか高くなっていくのだった。

「ああ、餃子が食べたいなとちょっとでも思った瞬間に、毎回即熱々の餃子が鉄板でじゅうじゅういってるのを差し出されると、なんだかよくわからなくなる、そんな感じ。」

僕は言った。

「だから、別になにもしてくれなくていいんだって。望んでないし。つばさってなんで、何を言ってもいちいち懐かしい感じがするのかなあ?」

ひばりは言った。

そんなに熱い言葉を発しているのに、「助けてくれ」にしか聞こえない。彼女が彼女であることから、その環境から。

うん、なんでもするよ。いつだって、二十四時間そばにいる。家族になって、淋しいときはいつも抱きしめている。ずっと君を好きでいるし、死ぬまでいっしょにいよう。

こういうことを言ったら、ひばりは少しだけ落ち着いたのかもしれない。

でも、違うんだ、そう思った。そんなことはありえない。僕たちは他人同士だからだ。どんなに寄り添ってもわかりあえるはずがない。片時も離れずにいることができるはずがない。まして僕は彼女の環境を変えることができるような年齢ではない。

まるで花びらを噛むように彼女はそっと唇を噛んだ。

夜の闇が少しずつ僕らを包んでいく。夕陽の最後のオレンジ色はさっきそっと水平線に消えていった。星がぽつぽつと浮かび上がってくる。

ありふれた港町の中途半端な盛り場に灯りが灯り始める。

僕たちは歩いて家に帰っていき、それぞれの家でTVを観たり、風呂に入ったり、勉強したりする。そしてまた明日学校で会う。どちらもいじめられていないし、近所に幼なじみは多いし、親同士は知り合いだし、これほどまでになんていうことのない設定の中で、彼女だけがなんでこんなに切実な気持ちを育てていたんだろう。若さなのか、どうにもならないひばりの人生ゆえなのか。

僕の気持ちはいつもこうだった。「別に来週でも、来年でもいいじゃないか」こんなふうにいっしょにいたら、いつか突然つきあうかもな、くらいに思っていた。来週か、来年か、十年後か、それはわからなかった。

「ちょっと抱きしめてみてもいい？」

僕は言った。こんなこと普通同じ歳の女子に口が裂けても言わない。犬とかに対する対応だ。だめだこりゃ。

そう思いながらも、僕は彼女を腕の中に抱いた。小さくて丸い頭。シャンプーと、人の皮膚の匂いが混じっていた。腕の中に飛び込んできた重くて大きな猫を抱っこしてるみたいな感じだった。

ひばりはずっしりと僕に全身を預けていた。それって恋じゃないよ、と言ってやりたかった。安心の気持ちなんだ、と。中学生男子でも絶望的にわかるほどに。

「つばさしかいないの、私には。」

僕の胸に彼女のくぐもった声が響いた。僕は彼女の頭をひたすら撫でた。どうどう、落ち着いて。そんなに生き急ぐことはない。そんなに切羽詰まらなくていい、のどかないいことだってこの世にはきっとまだまだある。そんな感じだった。

町の灯りが水面に映り、虹色に揺れていた。

人気のない港の片隅で、僕たちは動けずにいた。それでもキスとか特にしたくないんだ、悲しいことに僕だけじゃない、きっとお互いに。これはいったいなんだろう、と僕は思った。

「ほんとうに失礼なことを言うけど、俺にとって、ひばりは、たとえばテニス部の宮坂（学年のマドンナで後にスカウトされてほんとうにアイドルになった）に比べて、チンピク度ゼロなんだ。異性に見えない。これから人生のいろいろな経験をして、やっぱりひばりしかいないと思うかもしれない。でも、そのときにはきっと遅いだろうということもわかってる。君みたいなきれいな子が、もっとすばらしい男性を好きにならないわけがないから。かといって今はどうにもならない。それが俺の正直な気持ち。」

僕は言った。

きれいな子、と言ったら、ひばりが真っ赤になった。暗い中でもその赤はよくわかった。夜の海で光る夜光虫みたいに、どこかフレッシュじゃないその光が、僕の心をほのかに照らした。

僕はそうっとひばりの肩を抱いた。そしてだんだんひばりに顔を近づけていった。ひばりは逃げなかった。僕たちの唇は静かに触れ合った。

それが生涯できっと最初で最後の、僕たちが幸せで無垢だったキス。

「ほんとに？　ほんとうに？　今、私たち？」

ひばりは唇を指で触りながら言った。そして、何かを振り切るように首を振った。

「いやいや、だめだめ、気がゆるんじゃう。信じちゃだめ。もう帰る。」

急にクールダウンしたひばりの声が、少しだけ僕から離れて発せられた。僕の上着のボタンが、彼女の息でまだ少し濡れていた。

「なに言ってんだよ、なんだか失礼だな。逃げるなよ、送ってくから。」

僕は言った。僕の声は自分でも思ってもみなかったが、少しだけ震えていた。

彼女はよく別れ際、そんなふうに急に何かを切り替えながら恐ろしいスピードで走り去っていってしまうことがあった。小学校のとき陸上部にいただけのことはあった。そしてそんな熱い会話の後にひとり残された僕は、まるで悪いことをしたような気持ちでとぼとぼ帰るのだった。

「うん。」

そのときのひばりは、心からかわいく思えてしまうくらいに素直だった。

もしかしたら僕たち、このまま恋人どうしになって、やっていけるかもしれない、と初めて思った。

彼女は歯を見せて少し笑った。

鼻の頭のさらに小さなそのてっぺんが、まだ赤かった。

時間の流れは速く、倉庫や船の影が急激に黒く切り抜かれたシルエットになった。ひばりの髪の毛が風に揺れた。もう一度抱きしめたいとは思わなかった。

でもひとりで帰したくない、それは確かなことだった。ひばりのたいへんそうな家に、ひばりがひとりで帰っていく。その中にせめて自分のかけらがあれば、ひばりががんばれるような気がした。

「ねえ、死なないで、ずっとずっと。つばさ、生きていて。私が言いたいのは、いつだっていつだって、それだけ。あなたがいるこの世界が好きなの。あなたを通さないとこの世界は美しくないの。つばさがいなくなったら、私はこの世に存在できない。」

ひばりは言った。

「どう考えたって俺はそんないいもんじゃないよ。それに、死ぬなって、それはこっちのセリフだよ。俺はほんとうに普通の人間なんだ。そりゃうちにはいろいろあったけど、基本的に平和な人生なんだ。高望みもないし、夢もないし、成り行きに合わせるのが好きで、死ぬなんて考えたこともないくらいの。

ひばりにいつかふられるのは俺のほうだ。それに、どう見てもひばりの態度は、俺を好きというよりは、好きなことを支えにしてるだけだから。俺とつきあうのが実現しちゃ絶対にだめなんだと思う。」

僕は言った。いくらおとなしいとは言っても、僕が話すときの一人称は基本的に俺なのだ。田舎の中学生なので、そのくらいにはこなれていた。

潮の匂いに満ちた港の風は、足元をくるくる抜けていった。彼女はただ懐かしいものを見るように遠くから僕を見ている、いつだって。

彼女は黙っていた。そしてゆっくり隣を歩き始めた。

彼女がほしいのは、親なんだ。彼女だけをこの世の何よりも愛する存在。

それほど虚しいことがあるだろうか。

それが僕の中学時代の、初恋のようなものだった。女の体があんなに近くにあったり、好きだと言われたりしたという点において、間違いなくそうだったのだろう。

いつも港を思い出す。いつだって潮風がいっしょにあった。そしてひばりがいつも僕を見ていた。山や海を見るように、目を細めて。あのまなざし、ときには重くうっとうしく、ときにはありがたい、あの強い光。

そして港の向こうにはいつだって海があった。

あの穏やかな三日月型の海を抱く湾があり、山があった。

「今日は始まりなの、それとも終わりなの？」

ひばりが言った。僕たちは人目も忘れて手をつないでいた。なんて小さな手なんだ、と思った。こんなに強いのに、手だけは温かい小鳥のような。

「俺にはわかんないよ。」

僕は言った。

「きっと始まり。そう思うことにする。」

ひばりは言った。横顔のまつ毛が港の明かりに重なって光っていた。あごのところに踊る髪の毛が、幸せそうに揺れていた。

なんかよくわかんないけど、女の子が幸せそうなのはいいものだな、と僕は思った。

幸福だった僕たちはそのすばらしい景色の中を、無邪気に、のんびり帰っていった。

でも、僕たちは決して、そこからまっすぐに始められなかったのだった。


ひばりと最後に会ったのは中学の卒業式のときだった。

ひばりはしゃくりあげて泣きながら僕の目をまっすぐに見て、とぎれとぎれに言った。

「ボタンでも髪の毛でもコインでもなんでもいいからちょうだい。あなたは私の憧れの全てでした。あのお母さん、あなたや家族と交わす言葉、夕食のメニュー、あなたは私の夢の中の私でした。それがほんとうにあったことだっていうことを、私は忘れたくない。」

あまりの言葉の重さに、周りの人たちも冷やかすことさえできずにだんだん引いていった。

「そんな……またいつだって遊びに来いよ。」

校庭に突っ立ったまま僕は言った。

「それがもうできないのよ。私の親が私を置いてあっちに移住したこと、知ってるでしょう? 私はまだ諦めきれないから、親のもとに一度住んで、時間をかけて親を説得していっしょに戻ってくる。だから今はいったんあなたから去るしかない。

だからこそ、忘れたくないの。幸せだった頃の私を。いつもあなたを見ていた夕方の校庭のことや、あなたのおうちに遊びに行ってあなたの妹と塗り絵をしたこと、同じ箸置きが並んで家族に入れてもらえたみたいで嬉しかったこと。

風を感じても、星空を見ても、木々が揺れても、私にはみんなあなたの面影に見えた。あなたは私の全てだった。ありがとう。私、必ずやりとげて帰ってくる。」

そう言いながら、ひばりの顔はくしゃくしゃにゆがんで、目は真っ赤だった。

卒業式の告白ってもう少し照れたり甘かったり情緒があるんじゃないのか？　と僕まで引いた。何ごとなんだ。これじゃあ、万が一僕を好きな女子がいたとしても、怖くて決して近づけないし。

そうでなくても僕がひばりに好かれていることは学校中で有名だった。ひばりが僕のことをなみなみならぬ気持ちで思っていることは。でも、それが恋なの？　というとみんな首をかしげた。

あれはもはや信者、と男友だちたちは言って相手にしてくれなかった。

ひばりの見た目は、ＡＫＢの頃の北原里英と、坂本美雨を足して二で割ったような感じだった。それに淡く暗い影を加えたような。だからもちろんとてもモテる。でもひばりは全部断った。「すみません、私には好きな人がいるので！」と高いデカい声で彼女が言うのを聞いてしまうたびにギクッとした。

その方法は女が男にする片思いの中でもっともしちゃダメなやつだよ、と僕は思っていた。

ひばりは、泣きながら僕の制服のブレザーのボタンの布をすごい力で引っ張って、飛び出して伸びた糸を手や歯で乱暴にちぎり始めた。

彼女のつむじと小さな白い歯を見下ろして、僕はちょっと興奮して前が固くなってしまった。これってもうセックスみたいなものじゃないか。したことないけど、そんな気がする、そう思った。

抱きしめる？　髪をなでる？　そんなことさえできないくらい彼女は真剣だった。

僕は黙ってボタンを引きちぎられていた。じゃましちゃいけないような気がした。顔が服に近づくたび、彼女はまるでユーミンの「ノーサイド」という歌の中の人が芝生の匂いを吸うように、僕の制服の匂いを深く吸った。あの歌の中の人、きっとこのくらい深く吸ったんだろうな、と僕はぼんやり思っていた。

ボタンをひとつもぎとると、はあはあ言いながら彼女は僕から離れた。

そしてそれをぎゅっと握って、とぼとぼ去っていった。

「すっげえな」「あんなに好かれるってどんな気持ちなんだろう」「狂ってる」「超えてる」「狂ってて痩せてる女は性欲が強いらしいよ」などなど、周りの人たちは口々に言った。

「ひばり、電話するから、あとで。」

僕は大声で言った。

ひばりは後ろを向いたまま、軽く片手を上げた。戦地に赴く勇者の姿。勝つ気満々で意志にあふれている。

それって男の挨拶だろう、と僕はボタンがない、少し破れて糸がびよ～んと伸びてぶらさがっているブレザーを着たまま思った。

その日電話できなかったので数日後に電話をしたら、ひばりの携帯電話の番号はもう通じなかった。

ひばりは親と同様に、忽然と町から消えた。

あっという間にひばりが家族と住んでいたアパートには新しい人が入り、ひばりの両親がやっていたバーも別の店になった。

それを見ているときの僕の気持ちはまだ悲しみというより、ひたすら乾いて枯れたものだった。たとえばハムスターにしばらく餌をやり忘れたら死んでいたとか、親戚がなんの助けも求めずに夜逃げして出て行って連絡がないとか、そういう気持ちにきっとすごく似ているんだろう、と思った。

彼女は決心を固めてその世界に入っていったのだろうし、もう一度僕にサシで会ったら、決心が鈍ると思ったのだろう。そして変わった環境ではあっても、きっと家族仲良く暮らしているのだろう、そう思っていた。

胸が痛んだし、水臭い、とも思った。

しかし僕は若く、僕だけの人生がまだ目の前に開けていた。もう誰を好きになってもいいんだ、と思うと少しずつ心に風が入ってきた。

それからは怒濤のような、身近にいる女子と淡いつきあいをしたり別れたりする普通の青春が僕を待っていたので、ひばりどころではなくなった。それでも、ひばりに好かれたことが僕に何かしらの自信を付与したんだな、と思う場面も多かった。

ひばりという人物は不思議で強烈な切ない思い出として、僕の心の中にきちんとしまわれた。

「つばさへ

小学校のホワイトボードにつばさとひばりという字が並ぶたびに、私たちが結婚したら鳥のつがいのようですてきだなと思ってました。みんなが冷やかすたびに嬉しくて嬉しくて。

ところがこの手紙はそんな思い出を語るほのぼのしたものではなくて、とっても残念です。本題に入ります。

『ミッドサマー』っていう映画、観ましたか？

私は今、あんなような環境下にいます。ただし、親たちは崖から落ちたりしていません。たとえとして出しただけで、もちろん、あれほど厳しい場所ではないです。

それから、外の人はここをY会に似てるとみんな思ってるけれど、畑をやったり家畜がいるからそう思われているだけで、あれほどがっちりとした規範がある場所でもないです。ヒッピーのように少人数で共同生活をしてるだけって感じ。両親はすごく楽しそうに仲間たちと暮らし、早起きして畑仕事をしています。こちらの団体の祭りがあるときには、昔の特技を活かしてカクテルを作ったりして大人気です。

私はここに来てしまったことを、後悔しています。

当初は高校生になってすぐに一人暮らしをしながら働くことが全くピンと来なくて、とりあえず親のもとで暮らし、説得してみんなで元の暮らしに帰ろう、と思っていましたし、あなたにもそう言いました。全くもって甘かったです。

携帯電話はなく、ここは昔のままに暮らすことを目指している場所だから、個々のPCもないのです。もちろん事務局にはありますが、ネットサーフィンとか買いものを私たちがすることはあくまでやんわりとですが止められています。ここでは化粧水やシャンプーも手作りなのです。

親が親戚と縁を切られているのと、親族と基本的には縁を切ることはここにいるための条件でもあるので、親が全てを捨ててここに住んでいるという状況の私には、もう行くところがありません。

もちろんいとことか心ある親戚は何人かいるのですが、今の私には連絡先がわかりません。親のいる家はこちらにありますが、週末泊まるだけでいっしょに暮らしていません。親は過去につながるものは基本的にみな処分してしまったので、彼らの連絡先を見つけることはできません。

脱走することも考えましたが、お金がほとんどありませんから、その後がむつかしそうです。いちばんむつかしいのは、脱走しなくても、ここでは友だちとごはんを食べることができ、週末は両親に会えてしまうことです。そうすると、日々は脱走しなくても続いてしまうのです。そうしてもうあれからだらだらと何年も経ってしまいました。

今でもあなたは私の人生でいちばん良きものだから、住所をソラで覚えてる。それだけのことで、こんなことに巻き込むべきかどうかほんとうに迷いました。それで、私、つばさのことしか考えてなかったから、友だちもほとんどいなくて、いや、いましたけど、そらで連絡先が言えるほどには。

だから、ほんのとっかかりだけでいいんです。

たとえば私の知っている人とか、あるいはこういうところから出たい人を支援してくれる人と、私をつなぐだけでいい。

昔のよしみで少しだけ助けてもらえないでしょうか？

この時代に紙の手紙かよって、言いたいでしょうね。わかってます。ほんと、その通りなの。

私は先週、上の人におしおきで指の骨を折られました。左手の小指です。そんな態度でいるなら次回は右をやるぞって、言われた。

それで、もうむりだって思ったの。親に言っても、あの人がそんなことをするはずがない、って信じてくれませんでした。お母さんはていねいに包帯を巻き直してくれて、お風呂に入るときはビニール袋をかぶせてくれて、それから私の髪の毛を洗ってくれた。でも、決して私を信じてはくれない。

もしよかったらあなたのメールアドレスを知らせてもらえますか？

知らせてくれたらがんばって事務局のＰＣを借りて、返信してみる。

ハガキで住所といっしょに知らせてください。

検閲が入るけれど、同窓会のお知らせを装ってくれれば大丈夫と思いますし、没収されたとしてもひとめ見れば、私はあなたのアドレスを記憶できます。

あなたは賢い人だったから、私がどんな状況にいるのか、わかってくれるはず。

どうか、助けて。

助けてくれたらもう、一生感謝します。すでにしているけれど、いっそう。

私の一生の感謝は、きっとすごく効くよ。

あなたの奥さんやお子さんたちやお孫さんくらいまでは、守ってみせる。

どうかどうか、お願いします。

伏してお願い申し上げます。

ひばり

」

はーばーらいと

吉本ばなな

晶文社

やっとその面影を忘れることができたひばりからそんな内容の手紙が来たのは、十九歳のとき、梅雨がだいたい終わって、晴れた日には夏の予感があたりに満ちる頃のことだった。

今どき封書で手紙が来るなんて、なかなかないことだ、なにごとなんだ、と思った。

僕の小さな部屋の机の上に、中身なんて全く気にならないわよ、という感じで母が置いてくれていたその手紙を、帰宅した僕は発見して封を開けた。

懐かしいひばりの金釘みたいなきっちりした固い書き文字を見たとたん、僕の頭の中には自動的に「愛の挨拶」という曲が流れてきた。

ひばりが放課後音楽室にひとり残って、フルートでよく練習していた曲だ。

真剣な目、力が入りすぎた肩。もっと軽やかに吹きなよと僕は思っていた。

僕の母は若い頃フルートの奏者をしていて、よく駅ビルでピアノの人と組んでミニライブをやっていたそうだ。今でもフルートを教えているから練習は欠かさない。だから僕はフルートの音色のことはよくわかるのだ。

母がひまなときに唯一ひばりに教えてあげたのがその曲だった。

穏やかな性格の母の軽く踊るような音色と違って、ひばりの音は挨拶どころか直談判という感じだった。悲痛な感じさえした。音でわかるものなんだな、同じ曲でこんなに違うなんて、この世にたくさんの演奏家がいるわけだなあ、と思ったものだ。

ひばりの書いた文章から漂ってくる、ちょっと斜に構えているけれど心根が優しい気配はまさに彼女の持ち味そのものだったし、指の骨を折られたと書いてあったことが気になりすぎて、僕は彼女を疑わないことをまず決めた。

そして、どうしたらいいのか、経験が足りない頭なりに考えた。

彼女のいる場所にとりあえず僕の連絡先を、同窓会のお知らせと偽って知らせる、それは簡単なことだし、指示通りやってみよう。

それからもしやりとりができたら面会を申し込んで、様子をちゃんと見て、話を聞く。その行動がさらなる暴力を呼ばないようになるべく地味に、脱走をくわだてず、時間をかけて。

もし個人の意図に反する場所に縛りつけられているとしたら、カルト集団からの脱会を支援する団体や弁護士をネットで見つけることができる。

そこまでいったらもう親を巻き込まないでは進められない気がするので、母に力を貸してもらおう。

ひばりの存在はできればこのまま忘れていたいものになっていた。触らなければ平穏でいられる、それはわかっていた。しかし助けを求められているという事実がものぐさな僕をなんとか奮い立たせた。

僕の父は生前イタリア文化に夢中で、若いときずっとイタリアに留学していたそうだ。地元のこの町に帰ってきてからは、その経験を活かして近県の大学でイタリア文学の講師をしたり、地元の塾でイタリア語を教えたりするのが生業だった。

父は僕が小学生のときに、父に恋愛の相談をしていて急に興奮した学生が、父の研究室の部屋の窓から飛び降りようとしたのを止めようとして、巻き込まれて落ちて死んだ。学生は父をクッションにして生き残り、父だけが去った。

その事件はこの狭い町では大きな話題になり、毎日が地獄のようだった。親が死んだだけでも充分大変なのに、人から注目されあれこれ言われるのはかなりきつかった。いまだに僕は人工的な建物の高層階の窓際に寄れない。そのときにくりかえし空想しすぎた父の急な死の気分に触れてしまうからだ。

父の実家には少しだが資産があり、祖父母が土地を売ってお金を作ってくれたために、また父の死による保険金の支払いがあったために、僕と妹はなんとか無事に育ってきたが、我が家は経済的に潤沢とは決して言えなかった。

ひばりの件でいちばんはじめに思ったのは、このことは経済的にはどうなっていくのだろうか、ということだった。退会にお金がかかるとか、裁判を起こされるとか、そういうことはあるのだろうか。

母はもともと父の生徒だったそうだ。父と共にイタリアに何回も行ったことがあったし、父の主催のイベントでフルートを吹いたりしていた。なので父の死後、母は自宅でイタリア料理教室とフルート教室をやっていた。日本の食材で安く作るマンマの味は評判がよく、「百万円も一円のつみかさね」というのがモットーの母は、貯金をなるべく切り崩さなくていいようによく働いた。

実家の一部を改装して一日中何かを人に教えながら、なんとか僕と妹を育ててきたシングルマザーの母にこれ以上負担をかけるわけにはいかない。

久々に新聞配達でもするか、あるいはコンビニの深夜バイトを増やすか。ひばりを助け出してしばらくかくまうにしても、お金がかかるよなあ、と思ってため息が出た。しばらくはがむしゃらにやるしかないな、と思ったし、感覚としてはしばらくいとこを預かるんだな、くらいだった。

父が死んでからのうちの生活はずっとつつましく、母はいつも深夜まで翌日の教室の準備をなにかしらしていたし、僕も妹も何かがほしかったらバイトをして自分でなんとかしていた。

当時、ひばりが実家のアパートの部屋でひとりになっているような時期、そんな経済状況だったにもかかわらず、母はひばりを毎晩のように家に招き、ときには泊め、そうでないときも食べるものを持たせた。

ひばりどころではなかったのは、父が死んだ後しばらくの大混乱のときだけだった。あとはだいたいきょうだいとひばりで団子になって育った。

なので母には、ひばりの手紙に書いてあった問題をすぐに伝えた。

「各家庭の信仰の問題に口出しするのはとてもむつかしいけど。」

ひばりの手紙を読んだ母はぼそっとそう言った。当時も全く同じ発言を聞いたものだった。

そして僕の目を見て続けた。

「あのご両親は自然派の宗教みたいなものに入信して、この半島の南のほうの施設に越したんだよね？　ひばりちゃんのお母さんの受け取った親の遺産もみんな寄付して、ご夫婦でやっていたお店もすっかりたたんで、ひばりちゃんが中学を卒業するタイミングで町の誰にも告げずに夜逃げのようにしてそこに移住してしまった。そしてひばりちゃんはご両親のいるそこに行って、みんなでその施設の中で暮らしていると聞いた。だからすっかり終わったことみたいに思ってた。

でも、ひばりちゃんがそこで今現在、不自由を感じているのなら、できることはみんなしてあげなくてはいけない。

たとえば、つばさに今好きな女の子がいて、ひばりちゃんの気持ちに全部はこたえてあげられないとしても、できることとくらいはしないときっと後悔する。人ひとりの人生の問題だから。そりゃあできればその団体にかかわりたくないのが本音だけれど、こんなSOSを無視するわけにはいかない。私にとって、やっぱりひばりちゃんはもうひとりの娘のようなものだから。どうしているのかずっと気にかけていたし。たとえ私たちが何かを削ってでも、いったんは助けなくてはいけないように思う。ただ、事態は複雑そうだから、いろいろ慎重にしよう。」

母は自分の気持ちを確かめるように、嚙み締めるように、そう言った。

「あいつは、本気でどうしていいかわからないときしか、こんなふうに人を頼ることはないんじゃないかな。本気で親と別れようと思っていないかぎり、こんなことはしないから、もうあの施設を出る決心も、ひとりでやっていく決心もついていると思う。そういう意味では全面的にこちらに甘えてくるタイプではないと思うし、よほどのことなんだろうとは思う。」

僕は言った。母はうなずいて、

「まずは連絡先を教えて、返信を待ちましょう。私は近所のママ友のご主人の弁護士さんに、無料相談の枠で会ってみて、うっすら伝えて準備しておく。いざとなったらおじさんも呼ぶし。でもあの規模の会なら、いかに偏っていてもわりとすんなり出られると思うよ。私の周りにもそういうケースはあったから、なんとなく流れは知っている。外側に支援者がいれば出られるはず。」

と言った。母の弟であるおじは沼津に住んでいた。おじはバツイチの独身でひとり暮らしなので、互いの力が必要なときはなにかと助け合ってきたのだ。

こういう段取りの中で互いの考えがさほど外れることはない、あっても誤差の範囲、それが家族の証だった。僕がまだ親離れしていないとも言えるが、価値観が一致していることはありがたかった。

父親は死んでしまったけれど家族の誰も彼を恨んでいないし、まだ経済的には父に守られているし、いつも助け合いがある、平凡な僕の家の食卓。それは昔からひばりが焦がれてやまなかったものだった。

「それにしても、今じゃなくってあの頃に頼ってくれたら、もっと簡単だったのに。どのくらい変わっちゃったかなあ、ひばりちゃん。」

母は言った。

「ひばりのことだから、体を張って入会して、本気で親を取り戻す気だったんだろうなあ。」

僕は言った。ふたりともひばりの性格を知っていたので、深いため息をついた。

妹の鳩子は夕方からハンバーガーチェーンのアルバイトに入っている日で、その話をしようにもまだ帰ってきていなかった。鳩子は鬼のようにバイトを入れてお金をためていた。それも母になるべく負担をかけずに私立の短大に進学するためだと思う。

そんな余裕のない僕らがなぜ優等生みたいに人助けをするかというと、それがひばりだからだけではなく、誰かの痛みを無視すれば、必ずそれは自分になんらかの形で返ってくると、父がよく言っていたこともあると思う。

父が助けた学生が今どうしているか誰も知らなかった。話題になりすぎたので家族全員で東京に越したという話を聞いたことはあった。僕たちにとって人として正しく生きることは、うまくは言えないが、その人に対してではなくて、こうなってしまった人生に対する復讐なのだ。

話が終わったらいつもの夕方が戻ってきた。

不穏な空気や、何かが起こりそうな気配だけをそこに残して。

またひばりに関わることは、決して僕の心をときめかせはしなかった。

しかし、ずっと気になって棘のように心に刺さっていた問題だったので、なんにせよ動き出すことはいいことに思えた。あれほどまでに焦がれられて、あっという間に消えた、そんな過去は傷まではいかなかったが、棘ではあった。やっと抜けるときが来たのだ。

母が簡単な夕食を調理する背中、そのなんてことない毎日の風景は僕を落ち着かせた。僕の中にある父の思い出だって決して悲しいだけのものではない。いつもそこにあって触れるくらいに優しいものだった。

今僕の目の前にある父の思い出を含めた平凡で平穏な家族の時間を、多分もう永遠に手に入れられなくなったのだろうひばりの心を思った。

母の理解の通り、その会に入る前、ひばりの両親はバーを営み、毎晩店に出ていた。小さい頃はひばりもいっしょに店に連れていっていたが、少女となるとさすがにバーは良くないだろう、ということで、ひばりの鍵っ子度が高まるにつれ、母の手助け度合いも上がっていった。

妹の鳩子は毎晩のようにひばりといっしょに風呂に入っていた。ふたりがきゃっきゃと騒ぐエコーがかかった声がいつまでも響いて、のどかでいいな、と思ったのを覚えている。エロい想像をする余地がないくらいに子どもっぽい声だった。

夜の十一時くらいに、ひばりのお母さんが、食事を済ませて風呂に入ってパジャマを着て歯も磨いたひばりを迎えに来るのが常だった。それはひばりにとってなにもかもが良かった頃のことだ。

お母さんは金髪ショートの陽気な美人で、スタイルが良く、永遠のスポーツ少女という感じだった。夢見るような大きな瞳をしていて、いつも鼻にかかった声でゆっくりと話した。趣味でバーをやってはいるが、亡くなったご両親の遺産があって食べるには困らないという噂も聞いていた。

　ひばりを迎えに来るときはいつも、菓子折りや手づくりの焼豚などを持ってくる人だった。ご夫婦でやっているから町いちばんの健全なバーという評判の店だし、出過ぎない程度にひばりちゃんの面倒を見てあげよう、というのが、僕の母の清く正しい見解だった。そういう地味な町の人たちの連携が実際に誰かを救っているのだな、と実感できるような温かいつきあいだった記憶がある。

　港から海水浴場までを湾がぐるりと囲んでいるこの町のビーチを、ひばりの家族は勝手に「エリアビーチ」と呼んでいた。ひばりの両親の新婚旅行はギリシャの島で、毎日通ったビーチがそういう名前だったそうだ。

　こんなめちゃくちゃ和風な海岸、ちっとも似ていないと僕は言ったけれど、

「宮沢賢治が北上川のほとりをイギリス海岸と呼んだようなものよ。」

　と彼女は言っていた。

「空想の中のこの町はギリシャの小さい島なの。その美しい環境の中で私たちは暮らしている。そう思ってる。オリーブは生えてないし白い建物もないけど、実際美しいしね、この浜辺は。」

晴れた日によくひばりとひばりのお母さんが、ひばりの家の黄色い軽自動車で「エリアビーチに行ってくる!」と出かけていくのを見た。

ふたりともはしゃいでいて、まるで子どもみたいだった。浮きものとクーラーボックスを積んで。全てが真っ白く反射する国道沿いで、日焼けして真っ黒なふたりがサングラスをして窓から手を振る。

見ているこちらも幸せな気持ちになるような景色だった。僕の目にもいつもの田舎の海岸が外国の美しいビーチに見えてくるようだった。

あの幸福をひばりが若い時期の全てをかけて取り戻そうと追い求めたことを、僕は理解できるような気がした。

そのくらいいい光景だった。これが人生だ、と勘違いしたくなるくらいに。

僕たちが中学生になったくらいのあるときから、ひばりの両親について、不穏な噂がたつようになった。

ひばりのお父さんはオランダ人と日本人のハーフなのだが(だからひばりの目は薄茶色で背が高く足が長いのだ)、極めて理想主義的な人で、バーを通して社会に貢献したい、ひとりぼっちの人がいないような町にしたい、という思想を掲げて店をやっていた。しかし、人助けをしようとしては裏切られたり、つけを踏み倒されたりして、参ってしまうことも多かったようだ。

そのうち彼らは店で奇妙な小冊子を配るようになった。数年前に落雷にあい、意識不明の重体で入院して回復してから、この世の理が見えるようになった人の書いた文章というものだった。

内容としては、高次の意識体の意に沿わないことをすると、カルマのようなもの（別の特別な呼び名がついていた。ハルミンとかテルミンみたいな感じの）の仕組みで、当人には不幸と思われるものがやってくるというような。でもそれは絶好の学びの機会にもなるし、そもそもそれを避けるためにはどういう人たちとどういう暮らしをするのがよいのか、どう考えればいいのか、幸せと不幸をわけないあり方を心がけるとか、そういう感じだった。

ひばりのお母さんは迎えに来たときの立ち話でもその発見の興奮で口が止まらず、人生の謎がとけて辛さがなくなったとしきりに言った。会うたびに細かく説明を受けて、あるいは最近感動したその会でのエピソードを長く聞かされて、母は当惑した。

「私も、夫を特殊な亡くし方で亡くして、人生についてそれから健康について、経済について、自分なりに真剣に考えてきたんです。自分の考えたこと以外を今から信じることはできません。そのくらいしっかりと信じてなんとかやってきたんです。」

ある夜、母がきっぱりとそう言ったときの、頑なな感じの後ろ姿を覚えている。

玄関先の母を見て、僕といっしょに家の中にいたひばりは涙を浮かべていた。

「これ以上迷惑かけられないから、すぐに連れて帰るね。申し訳ないよ、だって、うちの母親のしてることはもう立派な暴力だもん。」

そう言ってひばりは立ち上がった。

あの両親のはりつめた興奮の世界の中にひとり帰っていくのかよ、と僕は黙っていたが思っていた。やりきれないなあ、と。

そういう感じが続いたことで、僕たち家族はひばりの家族との間にも少しだけ距離を取らざるをえなかったが、ひばりだけとは親しくつきあい続けた。

「ねえ、さっきの話だけど。」

ひばりとお母さんが帰ってから（ひばりが引きずるようにお母さんを連れ帰ってから）、母にたずねたのを覚えている。

ひばりのお母さんに対して母が言っていたことについてだ。

どんなに疲れていても、お嬢さま育ちのおっとり感をなくさなかった母は、ごく普通の顔で、ノートから顔を上げて、なに?と言った。

「ほんとうに思ってない?　お父さんがそんな死にたい人なんてほっといて、助かってくれたらよかったのにって。俺は思ったよ。今でも思ってるかもしれない。正直俺にとって、知らない大学生よりも、お父さんのほうがずっと大事だったから。」

僕は言った。

「あ、それは私ももちろん思ってる。さっきひばりちゃんのお母さんに言ってたのとは違うことだよ。何回も思ったし。今だってもちろん。そんなのあたりまえじゃない。それは思っていいことだと思うよ。自然なことだもの。」

母はけろりとした顔で言った。

「そうなんだ、俺たちはお父さんみたいなお人好しを目指さなくていいのか。」

僕は言った。

「あのねえ、彼だってきっと、そこまでお人好しじゃなかったと思うよ。『自分がそのときどうするかを机に向かってゆっくり考えていい』って言われてたら、死なないですむラインをきっちり保ったと思うよ。でもああいうのって事故っていうか反射みたいなものじゃない。反射的にうっかり止めちゃって、あっという間に落ちちゃったんだろうと思うよ。救うとか若者の命とか、そういう高尚なことは別に考えてなかったんじゃないかな。」

母は言った。

「お母さんがそんなふうに思ってたなんて、知らなかったかも。」

僕は驚きながら言った。

「あ〜、うっかりした！　しょうがないなあ、って言って、わりと素直に認めて天国に行ったんじゃないかな？　お父さん。

いざあっちに行ったらその場にはあの学生もいなくって、ひとりぼっちで、渡し船でゆっくり川を渡りながら。空想に過ぎないけれど、そういう図は見えるね。『こうなっちゃったんだから、しかたない』って言いそうだし。

多分、『あの子は死ななかったのか、よかった』と助けた子のことも思ってるんじゃないかな。私もそう思うようにしてる。今だって、落ちるお父さんを抱き止める夢を見る。汗びっしょりで起きるよ。『スパイダーマン』なんて、あの彼女が落ちるから観ることができないもん。

私だって、恨まないですむように、お金のためにしゃかりきになりすぎないように、自分が息もできなくならないように、たまにフルートの生徒さんに『みなさんが課題曲を聴いてるあいだ、ちょっと寝てもいいですか？』とか言って休んだりしてる。みなさんうちの事情を知ってくださってるから、深く深く寝てしまってはっと目覚めると、私には誰かの上着がかかっていて、みんな自主練をしていたりしてね。あとさあ、私は実はトスカーナ地方に行ったことがないんだけど、しれっと名物の白インゲン豆の煮込みとか教えてるし。もちろんそういうゆるさが不満でやめちゃう人だっているけど、私だって人間だし、疲れるときもあるし、ベストをつくしてるし、しょうがないもんね。

生きるのは今の連続があるだけで、理屈をつけてそこに生活を合わせてついていけるようなものじゃないよ。だから私、ああいう話を聞くのが大っ嫌いなんだ。周りに人がいてもたったひとりで考えるときだけ、人って強くなるじゃない？　ひとりで考えるのを放棄して、そのぶん体を動かすって、本末転倒っていうか。」

そう言って、乙女のように母は顔をしかめた。

「お母さんは『スパイダーマン』がだめなの？　俺は高層階の窓に寄れない。人それぞれいろんな形があるね、トラウマ的なものって。きっと鳩子にもあるんだろうなあ。」

僕は言った。

「あの子はもう少し小さかったからどうかしら。でも記者に追いかけ回されて写真を撮られたりして、いやだったと思う。」

母は言った。

「それに、『こうなっちゃったんだからしかたない』っていうのは、俺もよく言うし、ひんぱんに思っているなあ。」

僕は言った。

「お父さんから受け継ぐのはそのくらいでいいよ。残ったみんなはとにかくなるべく長く生きていようよ。私だって、たとえば自衛官とか警察官とかパイロットとかやくざとかと結婚したなら多少覚悟もしてたでしょうけど、イタリア語とイタリア文化の教授と結婚してこんなに理不尽な死に触れたり、しゃかりきに働いたりすることになるなんて、想像もしなかったもん。」

母は言ってまた顔を伏せ、明日の買い出しメモを作るのに戻った。

ノートの色を見れば、母が何のための作業をしているかわかる、そういう生活。

朝になれば、僕もいっしょに買い出しを手伝いに出かけるのだろう。なので宿題は今夜のうちにやろう。そういう具体的なことのほうが僕にとってもぴんとくる、忙しい日々だった。

崩れそうなバランスをなんとか思いやりでごまかしている僕たちのほうがいいとは決して言

えなかった。

でも、そこには自由があったし、それぞれの自由を尊重する風通しがあった。そのほうがひばりの両親がいる世界よりも気が楽そうだ、子ども心にもそう思えた。


そのひばりのお母さんと母の最終決戦（それからはもうひばりのお母さんは、決してうちにひばりを迎えに来なくなったので）の後、ひばりが家に来たとき、母が直球の質問をしたことがあった。

「ひばりちゃん、ご両親が急にあんな感じになって、あなたは、そしておうちは大丈夫なの？」

確かそれは中学二年くらいのときのことだったように思う。

ひばりはもう自炊もできたけれど、淋しかろうと思ったのだろう、母はまだ定期的に彼女に声をかけていた。その頃にはひばりが携帯電話を持つようになったことで、母から個人的に連絡ができるようになっていた。その日も母が彼女を夕食に誘ったのだと思う。

ひばりは、今にも泣きそうな感じで目を見開いて、ぽつぽつと言葉を選びながら言った。

「私はぎりぎり持ち堪えている感じですが、大丈夫です。両親にとってのえらいおじいさんの言ってることはあながち外れてないし、決して悪い人ではないです。彼がなかなかすてきな絵を描いているのもいいところです。それを信者さんたちがすっごく高く売っているのは、どうしても好きになれないところです。

父と母の夫婦仲が前より円満になり、笑顔が増えたのはいいことです。前は父があまり働かないで母の資産で食べてることをめぐってよく言い争いがあったし、それは解決しようのない問題だったから。

父も入会の前よりも生きやすそうです。その前はいつも世の中と自分の間の矛盾にあふれる現実に相対して、潔癖さが出てきてとても苦しそうだったのです。

でも今、休日は両親がいつもそのお仲間のいる本部に行って畑の手伝いをしているから、誘われても行かない私は、これまで家族と楽しくホットケーキとか作ってたのに急に家でひとりになってしまったし、信仰の関連で家に来る人たちは、酔客よりタチが悪いです。私は、優しい洗脳のシャワーを毎日のように浴びて、それでも全く味方がいないので、苦しいです。楽しそうにしている両親とその仲間たちを見るにつけ、この人たちの言っていることや生活の仕方を、いいと思えたらどんなに楽だろう、と思います。それで、本も何回も読んでみましたし、勇気を出してそのえらい人と面談してみたりもしました。彼のおっしゃっていることはみな正しいのですが、私にはそれを生活の中で活かしていくことならともかく、生活を丸っきり変えてしまうことがどうしてもピンと来ないんです。

私、子どもの頃からうちの家族は世界一だと思っていたんです。面白くて頼もしいお父さんと、きれいで優しい夢みがちなお母さんと、自由に暮らしていて笑顔が多いそのふたりを大好きな私。でも、それは私がそう思っていただけで、ふたりの心はちっとも安定してなかったんですね。でも、だったら私が感じていたあれはなんだったんでしょう? 私はあれをほんとうの幸せだと思っていました。自分が本気で思ったことが実は違っていたなんて、私こそがいちばんおかしいのではないでしょうか。」

そして僕に向きなおってはっきりとした声で堂々と言った。

「今、私が信じられるのはこの気持ちだけです。つばさくん、十八になったら私と結婚して。私、じゃまにならないように、リビングの床で寝る。おばさま、私なんでもします、掃除でも洗濯でもなんでも。」

僕はリビングのソファーに座ってTVを観ていたが、聞いていたら話題が恥ずかしい感じになってきたので黙っていた。

「子どもが小さい頃の夫婦って、魔法がかかってるみたいにいい感じなんだよね。うちもそうだったわ。でも大きくなって余裕ができてきちゃうとまたそれぞれの現実が見えてきちゃうっていうか。ひばりちゃんのご両親は人生に対する夢が大きかった分、失望も大きかったのかもしれないね。ひばりちゃんのことを心から愛しているから、勧誘しちゃうんだとは思うよ。でも、自分の足ではまだ逃げ出せない中学生にはきつすぎるよね。

あのね、私はかけねなくひばりちゃんをかわいいと思ってる。助けてあげたいし、力になるよ。でもねえ、つばさの気持ちとか人生はつばさのものだからねえ。おばさんにもどうすることもできないんだ。」

母は言った。

「もう少し様子を見ましょう。ひばりちゃんだって、好きなのはつばさそのものではなく、うちの環境に対する憧れのほうが強そうだし。」

「それはそうかもしれません。」

ひばりは言った。

「まさかの肯定かよ！」

僕はうっかり振り向いてしまいながら言った。

ひばりのまつ毛の先についた涙が、僕には妹が車の中で爆睡しながら垂らすよだれくらいにしか見えなかったけれど、心から気の毒に思った。でも、あの家に生まれたことがひばりの運命なら、ひばりにとってそれは立ち向かうしかないことなのだ。なんでこういう、目に見えないどうしようもない線が人類どうしの間に引かれることがあるのか、それこそをその教祖様に教えてほしい、と僕は思った。

一方で僕にはわかっていた。

ずっと僕より少し背が高かったひばり。

痩せていてエキセントリックな雰囲気があって、美しく個性的な顔立ちの彼女は、世界をまたにかけるトップモデルとまではいかなくても、華やかな世界に触れるに違いない。僕にはわからない世界で、彼女は人気者になる。それこそがひばりらしい人生だ。全く僕とは交わらない。

僕は好んでこの町に暮らし続け、親とその周りの世界を支える一端となる将来を受け入れていた。そんな僕と結婚したいなんていう気の迷いも、広い世界を見たら消えるだろう。別にいじけた気持ちではなく、素直にずっとそう思っていた。だから冷静に距離を保てたのかもしれない。

十九歳になった僕が将来何になりたいのか、まだはっきりとは決まっていなかった。

もちろんこのままなんらかの形で家の手伝いをしたり後を継ぐのだとは思っていたが、フルートも一曲も通して吹けなかったし、イタリア料理も簡単な数品しか作れなかった。家業の役に立つということだけを考えて、調理の専門学校に通い、家の一部をいつでも店にできるように、衛生管理の資格も一応取ろうと思っていた。

僕がいちばんしたいことは、もっと露骨に体を動かし、目の前で物事が展開して、収入も少なめでいい代わりに明朗でシンプルな職業だった。父の死やひばりの体験から集団に属することへの恐れがあったし、その場の最適な答えをひとりで考え抜くことが好きだった。

体育は常に得意だったが、母子家庭の僕には部活に費やす時間がなかったし、スポーツ的なことをする将来にはあまり興味が持てなかった。

やりたいことにいちばん近いことは、夕方ひとりでごはんを食べなくてはいけない鍵っ子たちが、親が迎えに来るまで安心して過ごせる食堂のようなものを作ることだった。ひばりの生活を知って以来、そういう子どもが町でやたらに目につくようになったからだ。

最初は母の仕事の手伝いから入って、やがて同じ場所でその事業を立ち上げるというのがいちばん良さそうだった。

なので今から経理やスケジューリングや買い出しを手伝い始めている。母は僕を無償では働かせず、決して多くはないがきちんとお金をもらっている。

僕のその夢のようなものが、かつてひばりを心配しすぎた過去が導いた結果であることは間違いなさそうだ。

そんなふうにひばりの存在は僕の人生に根っこのように食い込んでいた。

あんなインパクトある人物をなかなか見なかったのだから、しかたないかもしれない。

たまにひばりに懇願する夢を見た。パターンはいろいろあるが、決まって「どうしても、どうしても、もっと近くに行きたいんだ、これまでずっとごめん」というようなことを僕が涙ながらに言って、ひばりが無言でうなずく。なぜか金縛りのようになって動けない僕に、ひばりがのしかかってくる。僕はひばりの熱い体の中に射精するけれど、そんなときでもひばりはやっぱり中学生のままの姿なのだった。

こりゃ問題だな、そうとう根深いわ、と深夜に下着を汚しながら目覚めた僕は思うのだった。そんなときは、自分の発した「どうしても」がまだ耳に残っていた。よもや自分が意識の底のほうではそう思っているのかもしれないことが真実かもしれないなんて、絶対に知りたくなかった。

はたから見るほど不幸ではない、独特の大人びた環境の中にいる感じが似ていたことが、ひばりと僕をいっそう強く結びつけたのかもしれない。

そう考えると、このままひばりを助け出してまた仲良くなったりしたら、恋愛まで自分で選ばなかったことになるな、とは思った。でもそういうことはそんなに気にならなかった。気になるほど子どもではなくなってしまっていたのかもしれない。

たまに思った。自由とはなんだろう。

どこにでも行けて、なんでもできる余地のようなものだろうか。

そういう目で自分の人生を客観的に見てみると、外的要因が決定した部分が多すぎるように見えた。苦労人とか、がんじがらめとも言えたかもしれない。

しかし、ふたを開けてみると決してそうではなかった。

多分母の考え方が偉大なのだと思うが、常に家の中にはきれいな空気で作られたドームのようなものがあり（それはのんきで本さえ与えておけば幸せな文系の父がいた頃からそうだった）、それぞれの心は果てしなく自由に泳いでいた。その空間は父の死にさえも自由を与えているような感じだった。

だから、別にいつまでもこの暮らしが続いてもいいんじゃないか、と思えることが僕の特質なのかもしれなかった。実際、妹の鳩子は好きに暮らしたいからやがて家を出て働いて仕送りする、と言っていたし、それを止める人も誰もいなかった。鳩子の心が僕たちからそんなに離れないだろうことはわかっていたからだ。

僕たちは、いつも心のどこかで父の帰りを待っている家族だった。父が帰ってきたら夕飯だな、と思いながら、思い思いのことをしている時間を永遠に過ごしているのだ。

それは僕の心に郷愁のようなものと、永遠の子ども時代の雰囲気を与えていた。


「ひばりへ　同窓会があるそうだから出欠だけ教えてください。ひばりに出したメールが返ってきてしまったそうです。僕のメールアドレスは Tkaminoe@….com です。」

と書いたハガキを送ったら、四日後にひばりからメールが来た。

「こちらは準備ができました。面会の許可を取って、面会に来ていただけますか？」

それしか書いてなかった。あとは今いる場所の電話番号と住所。

僕はすぐに電話をかけた。

「はい、みかんの会、鈴木です。」

電話に出たのは普通のおばさんで、ごく普通に名字を名乗った。僕は拍子抜けしてしまった。

「あの、そちらに中本ひばりさんはお住まいでしょうか?」

僕はたずねた。いつもコンビニやカフェでアルバイトをしてきたので、知らない人と電話で話すことには慣れていた。

「失礼ですが、どちらさまですか?」

そっけない声でその人は言った。僕ははきはきと答えた。

「同級生だった上之江と申します。ひばりさんの同窓会への参加の意思を確認したく思いました。ひばりさんのご両親にも大変お世話になり、親しくしておりました。その件もありまして、久しぶりにお話がしたいのですが。」

返事はあっさりとしていた。

「こちらでは、夕方の瞑想とみかん様の講話の時間があるために、今現在は、おつなぎできない時間帯なんです。ごめんなさいね、会にとっていちばん大切な時間なのでご理解ください。」

「わかりました。では、面会の申し込みはこの電話でできますか？」

「もちろんできますよ。金土日の午後の一時から、二時間枠が二回あります。あなたが申し込んで中本さんが承諾したら、そのまま面会の運びとなります。」

「理解しました。それでは、今週の土曜日の午後一時の枠に申し込みます。」

僕は言った。早いほうがいいと思ったからだ。

「お名前、住所、お電話番号と、住民との関わりを明記してメールで送ってください。宛先を申し上げます。決まりましたらメールをしますね。」

僕はその鈴木さんの言う通りにアドレスをメモした。

「ふたりで外出することはできるんですか？」

僕はたずねた。

「二時間の枠の中で、GPSの装置をつけてならもちろん可能です。」

「それってつまり信者さんの行動を常に監視、みたいなことなんですか？」

「違います。小さい会ですし、わけへだてなく誰でも入会できるのですが、それゆえに入会時に精神の状態が悪い人もおり、そういう人は医師に診てもらいながら静かに暮らしているのですが、山の中に逃げてしまい遭難してしまう人がたまにいるんですよ。もちろん地元の警察に協力を頼んで、捜索はしています。以前そのまま崖から落ちて亡くなった人がいて、その痛ましいできごとの後は、警察の勧めもありその方策を取るようにした、それだけです。今どこにいるかなど、プライバシーを追うことはしません。二時間で帰ってこなかった場合、そして連絡がつかなかった場合だけ調べて、該当する場所を捜索するか、警察を呼びます。」

「了解しました。」

僕は電話を切った。手のひらにうっすら汗をかいていた。

ひばりの書いているほど過激でもなさそうだけれど、決してゆるくて平和な感じではなかった。


「つばさ、ほんとうにつばさなの？　すっかり大きくなって。来てくれてほんとうにありがとう。変なことに巻き込んでごめん。みんな私が悪い。でもほんとうに助かる。」

いっそう背が高くなって痩せてしまっていたひばりの、それが第一声だった。目にうっすら涙をにじませて。

「晴れてよかった。今日って、なんだか夏みたいな空の日だね。外に行きましょう！」

五年ぶりくらいに会ったひばりは、最初の興奮した声の調子のまま、続けて普通にそう言った。

山の中腹にあるだだっ広い敷地にもと病院だったのであろう白い建物が建っていて、それを囲むようにプレハブみたいな安い造りの平家の家の屋根がたくさん並んで見えた。

受付のようなところは病院の入り口をそのまま利用した感じで、広いロビーがあった。照明も病院のままのようで、全体が白っぽく見えた。長い合皮の緑色のソファーが整然と並んでいた。壁に大きく飾ってあるさりげない風景画はきっとみかん様という人が描いたのだろう。確かにいい絵だった。そのきれいな色が白い壁を淡く彩っていた。予想していた地蔵とか天使とか富士山とかが描いてある感じじゃなかったな、と僕はひそかに思った。

何人かの人がそこでミーティングっぽい集まりをしていたり、読書をしていた。カウンターの中ではたくさんの人が忙しそうに事務作業をしていた。そこにいるのは圧倒的に中高年が多かった。確かにカウンターの中にはＰＣが何台かあった。カウンターにあるノートに時間と名前を書いて、手ぶらで建物を出た。

外の自然光の下で見るひばりは日焼けしていて、見れば見るほどおばあさんみたいな不思議な痩せかたをしていて、しかし腕や足の筋肉はすごく発達していた。

目だけが大きく光って見えたし、頬はこけていた。彼女はシンプルな白のワンピースを着ていた。それはきれいに洗濯されてはいたけれどすっかり黄ばんでいて、流行りのオーバーサイズという意味ではなくてサイズが全く合っていなかったのが、ひばりをますます細く見せていた。

いつもつやつやに塗っていたリップクリームの光はなく、皮が剝けたかさかさの唇の両端は乾燥して割れていた。

それでも全体の感じは妙に清潔で、漂白されたよう。靴下も真っ白で、きつそうなゴムに細くなった足がしめつけられていた。

好きとか嫌いとか会えて嬉しいという以前に、痛ましくて目をそらしたかった。こんなひばりを見たくない、と僕は思った。なんだろう？　と僕は考えた。そしてわかった。そうだ、とことん負けた人のたたずまいだったからだ。

あんなに輝いていて自由だったひばりなのに。

そしてひばりの薄くなった胸に、あの日に奪っていった僕の制服のボタンが麻紐でぶらさがっているのを見たとき、僕はついに泣いてしまった。ふがいないことに、どうしても涙が止まらなくなった。

「ひばり、おまえ、なんでこんなことになっちまったんだよ。」

僕は言った。そうとしか言えなかった。

「あまりに様子が変わってるよね、私。ごめんなさい、失望させたかも。ほんとうはメイクのひとつもしてお迎えしたかったのだが。それに、私のほうはほんとうは嬉しくて泣きだしたいのに、嬉しすぎて泣けない。目がすごく痛い。こういうときって目が痛くなるんだって初めて知ったよ。」

僕の肩をぽんぽん叩いて微笑みながら、ひばりは言った。その手は昔のまま、温かかった。声も少し変わっていた。

ほんものの鳥のひばりのように高くて透明だった声の響きも、どこかこもって濁っていた。人がこんなふうに変わってしまうなんて信じられない、と僕は思った。

もしもひばりの見た目がドブスだったら、すぐ忘れられるのに、とよく思った。しかし実際やつれたひばりはそれにかなり近い感じになっていたのに、僕の心は彼女の強いまなざしにやはり惹きつけられた。唯一無二のその輝きだけはまだそこに確かにあった。

僕たちはとりあえず、建物から続く道沿いの、芝生のある広場みたいなところのベンチに座った。他に人はいなかった。監視されている感じもなかった。そしてとても静かだった。それこそ午後の病院の庭のように。病んでいる人としばしば面会しているときのように。

ひばりが持ってきた水筒の中の熱いびわ茶をひとつのカップで分け合って飲んだ。僕が差し入れにと持ってきたポテトチップスを見て、ひばりはごくりと喉を鳴らした。

「今食べてもいい？」

ひばりが言ったので、

「みんな食べていいし、差し入れは他にも持ってきたから。よかったら佃煮とか、塩辛とか、おじさんとおばさんにも渡して。いちおうみんな無添加のやつ。ポテチ以外は。」

と僕は言い、差し入れのお菓子やごはんのお供の袋を渡した。

ひばりはそれらを受け取ると、ポテトチップスの袋を取り出し、焦った手つきで開け、すごい勢いで食べ始めた。

「うわあ、おいしい。なんておいしいの。この世のものとは思われない！」

そう言いながら。

そして、しばらくむさぼり食べた後で、

「ごめん、よかったら、つばさも食べて。たまに差し入れとかで食べるんだけど、こんなにいっぱい手にしたの、久しぶりで。」

と、口のはしにポテトチップスのカスをつけたまま、開いた袋の口を差し出した。懐かしかった。思い出した、こういうところが、ひばりのいいところだったっけ。急にふたりとも子どもに戻ったような気がした。アイスを食べながら帰った子ども時代の道のような気分になった。

会話ごとに、ひとつひとつ、元のひばりが戻ってくるのがわかった。

僕はポテトチップスを一枚だけ食べて、その濃い塩味を消すためにびわ茶を飲んだ。濃くておいしいびわ茶だった。こんな体にいいものを飲んでいてこんな姿になってしまうなんて信じがたかった。

静かにしていると、とんびの声や空を行く小鳥の声、そしてたまに遠く子どもの声や牛や鶏の声が聞こえてきた。不自然な音は一切なかった。普通の村なんだな、と感じた。田舎に普通にある自然な音がそこにはみんなあった。僕の緊張も落ち着いてきた。異世界じゃなく、僕の住む世界と地続きなんだとやっと思えてきた。

「ああ、やっと言える。誰にも相談できなかったことを。

うちの両親はなんだかんだ言って私の望みがいちばんだと思ってくれると思っていた。だから絶対どうにかなるって。でも全然だめだった。何年かけても太刀打ちできなかった。」

ひばりは言った。まだ信じられないというように。

「もっと長い時間をかけてもだめなのかなあ。ひばりは外に出て、外から根気よく説得しても？」

僕は言った。まだ可能性はある、と思いたかった。

「それは多分、内部から攻めるよりもっとむつかしいと思う。最初は思ってた。いつか両親は、勉強にもみかん様にも飽きるだろうって。でも、経済も仕事も友だちも拠点もみんなこと決めてしまうと、年齢が大人になればなるほど出るのは困難になるっていうことが、当時の私にはわからなかった。うすうす違うかもって思っていると、人はますますその場所にしがみつくようになるんだ、ってことが。

そういう私も、農作業は嫌いではないし、玄米菜食も私にとっては決してまずいものではないし、瞑想も好き。だからいつのまにかこの暮らしに慣れてきちゃって。

普通の生活の中で人がひとつひとつ当たっていく人間関係とか進路とか貧困とか恋愛とか結婚とか死とか、そういう問題が、ここでは表向き全て解決しているんだから。自分で考えて頭が割れるような思いをして何か決めなくてはいけないことはひとつもない……っていうことに、ここではなってる。もしそれに乗っかれたら、それは最高だよね。

でも私には、周りの様子はともかくとして、自分自身の気持ちを見ないふりっていうか、なかったことっていうか、そういうのがどうしてもわからないんだ。

それよりも、そもそも両親がそんなにもふだんの生活に倦んでいたとは、全く知らなかったんだ、私。それなりに楽しくやっているように見えた。ただ、お金の問題がほんとうに苦手だったみたいで。単にお金がないっていう問題だけじゃなくて、ツケで飲む人からお金を取り立てるとか、それでモメるとか、モメたらカタギじゃない人が出てくるとか、そういったこの世の雑事に疲れ果てていたみたいで。

それから解放されるならもうなにも考えたくない、なんでもいい、っていうスタンスに親がなっていたことが、子どもだった私にはまだわからなかったのよね。」

ひばりは大人びた顔で淡々とそう語った。僕は言った。

「俺は今、実にくだらないことを言うけど、人生って、どこにいたってたいへんだと思うし。それがいやだから、みな手に入れたなじみの暮らしを決して外さないだけで。

うちの家族ひとつとっても、そりゃあ母は死に物狂いで働いてきたけど、悲惨な状態まではならなくてすんでいるのは、たまたまその上の代のお金や父の保険金があるからにすぎないし。そもそも父は学生に教えるのは好きだったけれど、お金はなかったし。親だって、家庭の経営を初めて体験するわけだから。

たまたまうちは母のがんばりと、父のことで俺たちが急に大人びて、生きていくことで精一杯になって力を合わせたからとことん突き詰めないですんでいるだけで、どこの家だっていろいろあって当然だと思うんだ。ひばりのご両親はそれに気づかないほどに子どもだったし、まじめすぎたんだと思う。若い自分が言っても説得力がないが。」

「いや、つばさの言ってること、わかるよ。」

ひばりはうなずいた。僕は問いかけた。

「じゃあ、今はもう彼らとは話し合いの余地もないんだね?」

すると、ひばりは話し始めた。切々と、歌うように。ずっと心の中で渦巻いていたことをやっと語れるというふうに、区切りもなく。

「手紙に書いたけれど、ここでは大人の夫婦は大人の夫婦で、ひとつの棟の中の部屋に暮らしていて、若者は若者で寮があるのね。それは信仰の形じゃなくて部屋数の問題みたい。古い小さな病院を買い取って、少しずつ改装して部屋数を増やしているので。

だから、週末だけその両親の部屋に泊まりに行くんだけれど、いっしょに長く過ごしているとたまに時間が戻ってきたみたいに、昔の両親がふっと姿を見せるのよ。『すいか食べるか？』『私、伊豆の切り方で食べたい』みたいな会話をしているとき、読んだ本の感想をユーモアとか皮肉混じりに話すとき、思い出話をするとき。急に、あれ？　昔に戻った、これなら縁を切らなくても大丈夫かも、と思うの。

それで毎回夢を見ちゃったんだよねえ。なんだ、このままやっていけばいつかはわかってくれるかも、って。

でもすぐに彼らの中からみかん様の教えが顔を出すわけ。いつのまにか血の中にしみちゃってるみたいな感じで。あっちで小さい子の面倒をちゃんと見てるのか？　小さい子は僕たちの希望だからね、生まれたときから間違ったことをしないで生きていけるなんて、すばらしい子たちだ、って。当初は弟か妹をできれば作りたいって言ってたくらいだし。

そんなときには、昔、お母さんが、『家族三人でやっていくのはいいね、子どもはひばりだけでいい、私たち、姉妹のような名コンビだもん。いつか夜のお店をやめて昼にランチだけやって、夜は家でごはんを食べる三人になりたいね』ってよく言っていたことを思い出して泣きたくなる。

あのお母さんはもういなくなっちゃった。でも、見た目が同じだからなかなかそう思えなくて。宇宙人に一部だけ乗っ取られたみたいな感じ。ほんと、仲良かったから、私たち、姉妹みたいにいつもいっしょに遊んでいたし。あの海水浴場で泳いだり、花火をしたり、ボートを出したり、海辺の銭湯に入って景色を見たり。

もうみんなこの世からなくなってしまったことなんだって、信じられない。

みかん様だってたまに私が感服する鋭いことを言ったりしたりする。人の悩みを見抜いたり、おかしな考えの人をうまく制したり、人の病気を治したりする。それを見ると、この人についていってもいいのかもな、と思ったりした。でも日々暮らしていると、やっぱりなんか納得いかない、一度外に出て暮らしたい、とばかり思えてきて。そのくりかえしだった、この何年かずっと変わらない、同じ時間の迷路の中にいた。」

気の毒すぎて、何も言えなかった。まだ親は生きているのにもう会えなくなってしまったなんて、そう思った。

「ひばりの家はいつも幸せそうだったのに、俺もとても信じられない。おじさんとおばさんの今の姿を、あんまりうまく想像できない。」

僕は言った。ひばりの家族の仲良さは、まだ印象に残っている。いつもみんなで笑っていて、なにかしらおいしいものを食べていて。あれは客商売がしみついていたからだったのか。

もともとポジティブ中毒だったからなのか。

「仲間たちといると幸せだから、もっともっと幸せになりたいからいっしょに暮らしたいって、欲を出しちゃったんだろうね。人ってそうなるんだよ。痩せたらもっと痩せたい、稼いだらそれを今後も確固たるものにしたいって。でも、逆だよね。そのときどきにほどよい量が大切で。そういう欲のあり方を避けるために、そしてほどよいということを学ぶためにこそ、宗教みたいなのってあるんだと思ってた。」

ひばりは言った。そして続けてうっとりと言った。

「ここを出たら、自分の好きな服とか買って、夜中までTVや映画を観まくって、音楽を聴いて、勉強して……肉も食べたい。ああ、お肉が食べたいな。鶏肉はたまに出るんだけど、牛が食べたい。それだって欲には違いないけどさ。」

「肉か……今度は焼肉弁当を持ってくるよ。」

僕は言った。

「こっそりいい牛肉を食べたことがバレたら、また指を叩き折られるよ。うらやましがられて。ここ、食べる牛はいないんだ。乳牛だけなの。だからバターとチーズはあるよ。そして乳牛は死んじゃっても食べはしないんだ。豚もいない。卵と鶏と釣り部の人たちが釣ってきた魚だけ。別にそれはいいんだけど、私は厄介者だから、隠れリンチやちょっとしたいじめにあうことはたまにあったの。でも今回みたいに実際に指を折られたのは初めてで。痛いし、ぱんぱんに腫れて熱も出て、たいへんだった。だから、さすがにショックを受けてね。」

ひばりは淡々と言った。僕は黙った。そんなことがほんとうにあるなんてとても信じられなかった。それを普通のトーンで話せるひばりが怖かった。

そしてひばりは決心したように続けた。

「表向きは農作業中の怪我っていうことになっているんだよね、そういうときはいつだって。それで、そういうことは絶対にみかん様の耳には入らないの。でも、別にここは過激な施設じゃない。考え方が同じ人が共同生活をしてるだけ。それに何代も住んでいる人がいるわけじゃない。せいぜい親子、孫くらいまでだし、人数も少ない。私が囚われているのは親だけだった。いつも暴力で支配されているわけではない。

でも、もういい。つばさを見たら目が覚めた。なにやってたんだろう、私。

うちはもともと仲が良かったからこんなにもキツいだけで、この世にはだめになった家族なんていっぱいあるよね。

つばさの家はお父さんが亡くなってもだめにならなかったけれど、もしかしたらお父さんといっしょに落ちた人の家はそのことで今頃荒れているかもしれない。みんないろいろあるし、私だけが苦しいわけじゃない。

つばさのお父さんが亡くなって家がめちゃくちゃになって、みんな参っていて、つばさが学校を休んでいるあいだ、私は何もできなかった。なのに、しばらくしたらつばさのお母さんとつばさと鳩子ちゃんは通常に戻った。意地でも戻ってやるって感じで、一丸となって戻ってきた。そして鍵っ子の私をまた普通に受け入れてくれた。しばらくばたばたしててごめんね、落ち着いたからまたいつでも来てねって。あれは奇跡だったんだって、ここに来てよくわかった。」

「俺ももし母や鳩子がそうなったら、今の年齢でもまだ諦められないと思うし、信じられないと思うから、ひばりの言ってることは理解できる。」

僕は言った。自分が何を言っても、親とうまくいっている者の言う軽い言葉に思えた。

ただし僕の母なら、信仰を生きると決めたとしても、僕と妹が自立してからにするだろう。ひばりを巻き込んだのは、彼らなりの甘えなのだろう。親にそんなふうに甘えられたら、一人っ子はどうしたらいいというのだろう。きっとひばりはできることをみんなしたんだな、そう思った。

そしてひばりのやつれた姿を見て、これが自分の子どもの最高の状態だと思える親はいないだろうから、彼らは彼らなりに悩んでひばりを導き、共に生きていこうとしているのだろう。

ひばりの、包帯を巻いた小指の指先にてんとう虫が止まり、すばやく移動していた。

たとえばひばりが急にそれを握りつぶしたとしたら。その違和感は僕を疑わせただろう。でも、ひばりは小さく優しく息を吹いて、てんとう虫を草に着地させた。よかった、変わってない。この大切な何かが変わってしまう前に、出たほうがいい、そう思った。

「実は、今回つばさに連絡するのに踏み切ったのには訳があって。若者のグループをたばねている、私の骨を折ったほうじゃない、オタクで優しいほうの、ずっと私を好きな班長の三十代の男性と結婚する話が具体的にどんどん進んでいる。十八になったとたんに持ち上がった話で、私はもちろん冗談じゃないって言い続けてるんだけれど、私以外は誰ひとり反対していない。みんな祝福してる。両親ももちろん大喜び。これからの時代をになっていく子どもを産んで育てなさいって。せめて『ここの』これからって言ってほしいよね。他の選択肢はありえないくらいの盛り上がりで。骨を折られたこととそれはリンクしていて、こんない話を断ろうと少しでも思うなんて、なんて親不孝だとか言われて、たてついたら折られたの。親にもそれを言ったけど、あんな立派な人がそんなことをするはずがない、もしそうだとしたら、おまえがよっぽど悪いことをしたんだろう、って言い続けるだけ。」

ひばりは諦めきった感じでそう言った。

「ちょっと待ってよ、ひばり。おかしいだろう。いいと思えないなら、やめたほうがいい。せめてその人を好きならまだしも、そうでないのなら。まだ十九じゃないか。親のためにそんなことを続けるのは、自分自身への虐待だと思うよ。だって、ここの中にいるだけで、なにもしてなくても厄介者扱いなんだろう？　それがこれ以上長く続いたら、もっとおかしくなる。俺ももう今の弱ってるひばりに慣れつつあるもん。きっとよくないことだ、それは。」

僕は言った。方向性が間違っていようとなんだろうと決めたことはがんばってしまうのがひばりだった。僕に関してと同じ感じで両親に対して突撃していったのだろうが、自分以外の人は決して変えられない。今回、撤退してもいいと思えたことは、ひばりの成長なのだと思えた。

「私ね、ずっと同じことばかり言うことになっちゃうけど、平和のためにはそうすべきなのかな？　って何回も考えた。だって私がうなずいたら全員が涙を流して喜ぶだろうし、親ともまたいっしょに生きられる。子どもは大好きだし。

ここにいたら同じ思想のもと、安心できる将来が待っている。みかん様は規模を大きくする気はない。今見知っている人たちやその友人とで、そして彼の人生に沿って、力を合わせて生きていくのもいい生き方ではないのか？　とみなに説かれる。

どこにいたって幸せは自分次第と思ってはいる。でも、好きでもない人といっしょになるのも、それに逆らってたらイラッと来られて骨を折られるのも、そのことを家族に言って信じてもらえないのも、ちょっと行き過ぎじゃない？」

ひばりは言った。

「すごく行き過ぎだし、おかしいよ。あたりまえだ。そんなことがわからなくなってるなんて、ひばり、いったいどうしたんだ。」

僕は言った。

「大勢に当然のことだろうって毎日言われるって、すごいことなんだよ。だんだんクラクラしてくるの。それに、両親を説得してまたいっしょに表で暮らすっていうことに大失敗した私には、こうしたいっていう夢がなくなってしまって、自暴自棄というか、流れに負けそうというか。これからの自分をどうしていいかわからない。つばさしかいなかったけど、つばさは過去じゃん。」

ひばりは涙ぐんだ。

「おまえ……過去って。見ろよ、今会ってる俺たちは現在じゃないか。」

僕は言った。

「それはそうだ。」

ひばりはきらっと目を輝かせて言った。なにかが心に宿った瞬間だった。

「救いを求めるならハンパにやるな、本気でやれ。手助けするから。でないとこのままま たずるずるいってしまって、ずっと出られないぞ。」

僕は言った。

「根性なしなこと言ってごめんね。そうだ、来てくれたんだもんね。信頼しなくては。なんか信頼とかに対して、どうにもこうにも、感覚が狂ってきてるね、私。」

ひばりは言って、少しだけ笑った。僕は少し慎重な気持ちになった。なぜだかわからないが、感覚的にそうだった。ここを深く掘ったら収拾がつかなくなるような一瞬の、底なしの闇を感じた。

「友だちだからあたりまえだよ。俺は広範囲の人の手助けにはそんなに興味はない。家族と、友だちと、近所の人たちくらいで充分なんだ。でもその範囲くらいは、気にかけたっていいいだろう、と思ってる。ひばりは完全にその中に入ってる。」

僕は言った。

ひばりはもう内面に沈み込むような遠い目をすることもなく、しっかり僕の目を見てうなずいた。判断と信頼。

そのうなずきはまさにひばりが持って生まれた感じのもので、僕はほっとした。そこまでを何かが侵していることはなかった。しかし多分何回も傷ついて修復したかさぶたの奥に、とてつもない感情が眠っているのだろうという覚悟は持った。

しかし、ひばりの体験が極端なだけで、誰もがそうじゃないのか？　と思ったとき、父のひどく損傷した遺体や、町中の人から「立派な人の気の毒な子たち」という目で見られたときの映像や、何年経ってもやってくる記者たちの「かわいそうな家族」に対するひそめた眉の感じなどが次々よみがえってきて、その瞬間、僕の中の「助けてやる、上から目線」がすっかり消えた。こういうときはあった、僕にも確かに。時差があるだけだ、そう思った。先に経験したものが手を差し伸べるだけのことなんだ。

「ひばりのおじさんとおばさんを今からなんとかできる気は全然しないし、すべきとも思わない。大人になってから決めてしまった生き方だから。彼らこそが楽観的に、こんなにすばらしい場所だから、ひばりはここにいるうちになじむだろうと思ったんだろうと思う。正直、俺もひばりはもうそうなってるんだと思ってもう二度とは会えないだろうと思っていた。」

僕は言った。

「それが、どうやったってぜーんぜん、なじまなかったんだよね〜。」

ひばりは笑い泣きしながら言った。そして、続けた。

「いちばんの問題はトップと合わないことでも、思想が合わないことでもなくって……そのへんはまだ耐えられるくらいの違いで。もちろんそれらも当然厳密には合ってないんだけれど。

いちばん困っているのは全員が悪い人じゃないってことなんだよ。この中には友だちと呼べる人もいる。長年いっしょに暮らして親しみが湧いている。共同作業もいっぱいして、好きまではいかないけれど、心から大切に思うこともある。体験を分かち合うってやっぱり楽しいことだからね。

きっと、疎開とかってこういうふうだったんじゃないかな、と思うことがあるの。特殊な事態になって、同じ歳くらいの人と力を合わせないと生きていけないとなったら、人は優しくなるよね、お互いに。そこには相反して、極端な暴力もあるでしょう。

そういうことは非常時の短期間しかできないことで、こんなふうに長く続けちゃだめなんだと思うの。」

「おじさんとおばさんは、いつも理想を追いかけていて、魅力的な人たちだった、俺の記憶の中ではいつでもそうなんだ。だから今の状況にまだ驚いてる。」

僕は言った。

環境だけならもちろんとてもいいと思えた。山の空気が肺にしみこんでくるようだし、その中にはかすかに、遠くから吹いてくる潮風も混じっている。

温暖だし、気候はゆったりしている。夕方にはめくるめくような夕暮れが空を覆い尽くすのだろう。ここで朝日と共に起き、暗くなったら寝て、生活のわずらいもなく、しかし体はしっかり動かして労働し、同じ信仰の人しかいないのなら、それを幸福と呼ぶ人がいるのもわかる気がした。

「TV観たいな、とか。服買いたいな、とか。あれ食べたいなとかね。友だちに会いたいな、とか。人間が生きるって、そんなのでいいと思うの。

理屈はあとからいつのまにかついてくるもので、理屈を先に生きるなんて、そんなばかげたことはないよ。歳の近い仲間にそれを話すとさ、人生をそんなくだらないことに捧げるべきではない、それはモノや食べものの奴隷だっていうの。気をまぎらわせるためにあるそうした娯楽に時間を割くように私たちは洗脳されているんだって。

でもさ、なんでもかんでも観たい買いたいと思ってるわけじゃあないから。自分で選んでいくことが大切なんだと思うんだよね。こんな多くの人の総意の中から形を持って生まれたのだから、すてきなものだってたくさんある。すばらしい映画も音楽もきっとある。だから、探しに行きたい、そういう内面の旅をしたいの。」

「ひばり、よくこの環境の中でそんなふうにちゃんと考え抜いて自分を保ってきたな。ほんとうにすごいことだよ。」

僕は敬意を込めて言った。僕だったらもしかしたら面倒になって、あるもので楽しむようになって、考えるのを諦めて染まってしまうかもしれない。

「ここでのあだなは一匹狼よ。」

ひばりは笑った。傷んだ髪の毛がさらさらと風に揺れた。こんなになってもへこたれてはいない、その姿はそう語っていた。

ひばりのことを、心から友だと思った。誇らしいと。

「私は前と変わってしまった。畑仕事もできるようになったし、鶏も飼った。いまだに生きている鶏を絞めるのはできないけど、死んだ鶏をさばくことはできる。

虫にもすっかり慣れて、細かった指が労働によって節っぽくなった。保育園の仕事ができるくらい赤ちゃんや子どもたちに慣れた。子どもたちがいなかったら、私はがんばれなかったと思う。でも、この中の子どもたちはいっしょに遊んでも遊んでも、結局はあの思想の中に入っていく。そのくりかえしになるんだな、と思ったら虚しくなった。

その日をしのぐためにいろんな嘘をつくことも得意になったし、その点ではそうとう汚れてしまった感じがする。洗濯係をひんぱんにやってるうちに服もいつのまにか決まった変な畳み方をするようになってしまってるし、持ち物も自分だけのものはほとんどなく、しかもことごとくダサい。なにがセンスがいいのかさえ、もう忘れた。そもそも今の芸能人をひとりも知らない。」

ひばりは言った。

「でもまだ、私はどうしようもなく私だよ。これを奪えるものは、この世にないんだ。神様さえも奪えない。」

「何も奪わないのが、神様ってもんなんじゃないのか。」

僕は言った。心からそう思ったのだ。

ひばりは目を丸くして僕を見た。そして言った。

「つばさ、つばさは自分で気づいてないかもしれないけれど、今みたいなことをいつも、大事なときに言うの。ありがとう。

そのたびに私ははっとして、明日もこれを聞きたい、明日その瞬間がなかったら、いっしょにいてまたそれが出るまで待ちたい、そう思うの。観たい番組の曜日を待っている小さな子どものように。つばさはすごいよ。

さっき、てんとう虫が私の折れた指の上を這っていった。感覚はあまりないけど、小さいステップに細胞が癒やされていくのを感じた。これが人生だし奇跡だと思う。私は共同体の夢とか、理想の社会生活の実現より、そっちのほうこそを、人生とその奇跡だと思いたい。」


ひばりと座って話している間に、他の面会はなかったようだった。しかし休み時間のように少しずつ人が出てきて、散歩をしたりベンチで寝転がったり、それぞれの時間をのんびり過ごしていた。その雰囲気は決して悪くなかった。人々が携帯電話を持っていないのに違和感をおぼえただけで、のどかで平和そうに見えた。この感じだけに目を向けたら、いい暮らしだなと思うような。

ほとんどの人が家族で移住してきてるか自発的に周りと縁を切ってきてるから、面会はめったにない、とひばりは言った。

帰り際、ひばりが建物の奥に入っていくのを、ロビーから見届けた。

受付でまた名前を書いて、みすぼらしい服で慣れた感じで建物に吸い込まれていく彼女は、入院患者が部屋に帰っていくように見えた。外との間に見えない境界線がある。

全体の様子を観察するに、この団体に所属している人たちはきっと百人もいないだろう、と思った。多くても五十人くらいではないだろうか。備品も質素だし、畑も小さくて農機具も最小限、家畜もそんなにいないようだった。中学までは希望さえあれば普通に村の学校に通っている子もいると聞いた。

この中で生きてきたんだ、これがひばりのあれからずっとの生活なんだ、と思ったら、突然ぞっとした。

僕が自然に早めに大人びて実家の手伝いをしていることと同じように、客観的に見たら港町の、常連しか来ないバーで夜中まで子ども時代を過ごしていたことのほうが、不幸だと思う人は多いのかもしれない。

しかし当時のひばりの周りには助ける大人たちがたくさんいたし、店に来る人たちも基本的にはガラが悪くなかった。ひばりはみんなにかわいがられていた。そして僕たちにはいつも眺めることができる美しい海や港や、新鮮な魚や貝があった。あの暮らしはむしろ普通の小中学生よりも健康的だったように思う。

「少しお話できますか?」

ひばりが去って、すぐに帰ろうとした僕を呼び止めた人たちがいた。

女性は二十代後半くらい。さっぱりした黒のワンピースを着て、長い髪の毛を後ろで結んで、眉毛も描かずつるりとした顔をしている。男性は五十代くらいで、上下スウェット。細長い体型、よく日焼けしていた。街で会ったら、地味な感じの普通の人たちという感じだった。名札がついていたが、「トロ」と「メソ」と書いてあり、全く意味がわからなかった。きっとここのトップがつける特別な名前なのだろう。

「あの、入信とかこちらの考え方に関してのお話なら、申し訳ないですがアルバイトに行く時間が迫っているので、遠慮します。」

僕は言った。

「いいえ、ひばりさんに関することです。もし、ひばりさんの退会をお手伝いなさるのであれば、聞いていただいたほうがいいお話なのです。私たちは心からひばりさんを愛しています し、思っています。それだけは信じてください。」

か細い声で、その女性は言った。中年男性は後ろでうんうんとうなずいていた。その雰囲気には善かれと思っているであろう感じがあふれ出ていた。こんなふうに全身で善かれと思っているからこそむつかしいんだな、と僕はしみじみ思った。

「そういうことなら、お話を聞かせてください。」

僕は言った。

受付の後ろの小さな部屋に案内された。

僕は念のために脱出経路を確認しておいた。出されたお茶も飲まないのが無難だと思ったが、「ひばりさんたちが作っている無農薬のトゥルシー茶です」と言われたので、飲んだ。柔らかい味がしておいしかった。ひばりがここでしていることを、少しでもわかりたかった。

僕は言った。

「ひばりがここを出るかもしれなくても、準備もあるし、引き継ぎもあるでしょうから、急にはむりだと思いますが、また面会に来てもいいですか？　彼女はうちで育ったようなものなので、いとこと同じ感覚なんです。」

女性はうなずいて、にこやかに言った。

「もちろんですよ、今は全てがオープンになる時代ですから、閉ざされていないコミューンを目指しています。都会に疲れて週末だけボランティアに来る会員の方もたくさんいるんですよ。畑仕事をして、泊まって、おいしい菜食のごはんを食べて帰って行かれます。ゲスト用の宿泊部屋もありますので、ぜひ。」

「はい、興味があります。」

なにも悪いところのない話なのに、彼らの持つ一定のトーンが気分をおかしくさせる。磁場がゆがんでいるような感じ。でもその独特な清潔感こそが彼らの目指しているものなのだから、共鳴する人から見たらたまらなく心地よいのだろうというのもわかる。

彼らから見たら僕は雑多すぎるのだろう。

「あの、少し深いお話をします。手の指の骨折のことを、もしかしたら、ミロ……いえ、ひばりさんは、処罰されたと言ったのではないですか？」

女性は声をひそめて、真剣なまなざしで僕をまっすぐ見て言った。

真顔になると急に老けて見えた。

突然現れたそのギャップに僕は動揺した。もしかしたら僕の考えていたように二十代ではないのかもしれない。男のほうは変わらず真剣な顔で黙ってうなずいていた。

「いや、何も話していませんでした。包帯を巻いているから、ちゃんと病院行った？　と聞いたら、この中にお医者さんがいるから大丈夫、と彼女は言っていました。順調に回復していると。」

僕はてきとうに嘘をついた。女性は言った。

「彼女は、自分で農作業中に転んで、持っていたつるはしの柄に強くぶつけて骨を折ったのです。でも、班長に指導されて折られた、と言い張って、それを親御さんや周りの人に伝えています。強い被害妄想があるんです。それでカウンセリングを受けています。」

「そうなんですか。わかりました。心に留めておきます。」

僕は言った。

しかし嘘でもそうやっていったんうなずくと、ひとかけらだけであっても自分がひばりを疑っているような、そんな気がし始めたから不思議だった。人の心の翳りにはきりがない。

共同生活では決してなくならない。

「私どもも、たいへん困っております。社会に出て、ここの生活について話したり書いたりしないように誓約書を書いてもらうかもしれません。また、こちらでカウンセリングを受けていたことを、証明する書類もなんらかの形で共有したく思います。彼女が外に出て、このことをSNSや書籍などで公に発表したりですね、もしそういうことがあったら、その書類をもちろん連絡先や住所は伏せてですが、公開します。私たちは小さな会なので、騒ぎになるととても困るのです。

ここに関して彼女の言うことは、話半分くらいに聞いておいていいと思います。そしてできれば、ここを出られてからも精神の治療を続けられることを私たちは願っています。でないと、上之江さんたちにも、たいへんな迷惑がかかるような気がするのです。彼女は長い間ここになじまず、虚言癖や妄想癖があります。

ここは出入りも自由ですし、もちろん瞑想や外部の方をまじえた勉強会もひんぱんにありますが、参加を強制はしていません。みなさん好んでここにいらっしゃるのです。ただ、ひばりさんはご両親との関係がうまく行かなくなってしまい、それで不安定になっているところが大きいです。たくさんの嘘をつきます。男性を誘惑もします。それで困っている人も多いです。ひどいことをたくさん申し上げてしまってごめんなさい。また、面会に来てあげてください。歓迎します。」

女性は笑顔でそう言った。

「はい、また寄らせていただきます。もし彼女に退会の意思があるのなら、それを手伝うことになるでしょう。そこはどうかご理解ください。精神的に問題があると判断したら、ここを出てから治療も続けます。僕や僕の家族がそれをサポートします。」

僕は言った。

「あんなに純粋な心を持って、世間で生きていくことができるのかしら……もちろんそれはしかたのないことです。ひばりさんがそう決められたなら、我々はそれを受け入れます。」

女性は淡々と言った。男性は黙っていたが、僕が彼らの思ったよりはしっかりしていたことに、全身からがっかりしたような、失望したような雰囲気がぶわっと噴き出していた。

おかしなことに、ひばりが小さな子どもたちに、骨を折られたの、と真剣に言っている姿や、ほんとうは自分で転んで骨折して治療してもらったのに、拷問されたと嘘をついている見てもいない顔が心に焼きついた。

ひばりを信じるしかない、と首を振っても、心のどこかの隙間にその映像は入ってしまい、消えなくなった。いつかボディーブローのようにじわじわ効いてくる感じさえした。

人が人を信じるということは、なんと曖昧なものなのだろう。僕はびっくりした。

そういえば何年も会っていなかったのだし、何年もここで暮らせていたじゃないか、もうひばりは僕の知っている性格のひばりではないのかもしれない。

そんな気さえしてきて、少し気分が悪くなった。よくわからないが腹まで立ってきた。自分のそういう感情を初めて見た気がして、僕は驚いた。

しかしきちんと挨拶をして、笑顔で僕はみかんの会の敷地を出た。

しばらく歩いてバスに乗るとき、普通の人をたくさん見たらほっとした。この世に普通の人なんていないってわかっているのに。

帰路につく学生たちや、荷物を膝に載せたおばあさんを見たら、いいなあ、と思った。ものすごい解放感に包まれてくらくらした。

そして、あんな場所にはもう二度と行きたくない、と帰りの電車で思った。どうしてかよくわからないが、体に色を塗られたような感覚がなかなか抜けなかった。もはやひばりごとなかったことにしてしまいたい、ただ淡々としていて楽しかった自分の生活に戻りたい、そんな気持ちでいっぱいになった。

思想が合わないところにいるということの本質の洗礼を、僕はその日全身で受けたのだった。

洗っても落ちない汚れみたいに、僕の精神にしみができた。それがくりかえされるのが大人になるということだ。決して落ちないしみだ。一生落ちないかもしれない。忘れても何回も浮かび上がってくるだろう。

しかし落ちなくても、ていねいに泡立てた石鹸で洗う行為を日々時間をかけて同じようにくりかえすしかない。もし自分が生きたいように生きるのなら。ただ淡々と、歌うように。

乗りついだ電車の窓から見知らぬ景色を眺めながら、そんなことを思った。

夕食の席で母に面会の報告をした。鳩子もいた。

母の料理教室で作ったトマトソースのスパゲッティーニの残りを食べながら。これまた大量に残ったグリッシーニといっしょに。これをこつこつ食べて、残ったら母はスープに入れる。高い生ハムではなくて、残っているそのへんのハム類といっしょに。母は決して食べものを捨てない節約の鬼だったが、味つけは常にすばらしかった。ほんとうはフルートをいちばんに教えたいのに、料理教室のほうが人気があるのにはちゃんと理由があるな、と思った。

でも母が熱心なので、フルートの教室に来るおばあちゃんやおじいちゃんや子どもたちは常に本気で習っていて、一曲を一年かけてやるという徹底した教え方もすばらしかった。音大受験とかクラシックの演奏家になるのが目標の教室ではなかったので、音楽を楽しむということにかけては最高の教室ではないかと我が親のことながら思う。

そういう母のブレなさは、父が死ぬ前からあっただろうか？　と思い出そうとしたが、もう記憶の彼方に消えていた。

早くこのパスタをひばりに食べさせてやりたいな、と思ったとき、やっぱり自分はひばりが好きだったんだな、と思った。間の抜けた気持ちで。まるで失恋したような、少し恋をしたような、熱いと冷たいが混じった不思議な感覚で。

鳩子はびっくりした顔をして僕の話を聞いていた。そして言った。

「いいじゃん、お兄ちゃん、ひばりちゃんと即結婚しなよ。そしたらすぐそこを出れるじゃん、堂々と。」

「俺の人生はどうなるんだよ。そりゃあ、このままひばりをほっといても、それはそれで彼女はいやいやながらも好きな親たちといっしょにいられるし、あの場所で結婚して子どもができたら、昔の見合い結婚みたいに、ひばりだってなんとかなじんでいくんだろうな、とも思うんだよ。その可能性を奪うのはいけないから、絶対誘導しないように気をつけて話した。でも、見合い結婚も暴力もいやで、もう限界っていう感じだったから、せめて出るのは手伝いたい。」

　僕は言った。

「もしそこで結婚したら、確かにそれはそれでだんだんなんとかなっちゃって、それで、初恋の人はお兄ちゃんで、すばらしい思い出だったたって、孫とかに言うんだろうね。」

　鳩子は言った。

「それはそれで自然なのかもしれないと思うんだ。そこにはこの世でたった一組の血のつながった親もいるわけだし。でも本人があんなに出たがっているんだから。いつか親のもとに戻る日も来るかもしれないが、今は違うだろう。このままほっといて、ひばりの苦しみをなかったことにしたら、俺の心の中にもずっとそれが塊みたいに残って、それを抱えたままで生きていかなくちゃいけないんだと思うと、ありえないな。」

　僕は言った。

「そうそう、そんな先が見えてる人生、あの子に送らせちゃダメだよ。もっと自由な子じゃん。あのときならともかく、十九なら親と離れて一人暮らしの人はたくさんいるし。大丈夫だよ、すぐフラれるから、お兄ちゃん。ひばりちゃんのお兄ちゃんに対する気持ちって、なんていうか、過大評価。」

鳩子は言った。

「おまえ、次々になんてことを。」

と僕は答えた。

「お人好しの人助けは我が家の伝統よね。それで死んじゃった人もいるくらいだから。でもお父さんは多分、同じ場面が来たらやっぱり同じように人助けをするような気がするんだよね。家族のその後とか考えずに、反射的に。そういうのってもう考えてもしかたないよ。

だからいいんじゃない？　ひばりちゃんが本気でやめたいなら、助けてあげたら。結婚しなくたって、私が身元引受人になるとか、保証人になるとか、できるよ。それでたとえばひばりちゃんが犯罪を犯したりしたら、周りはバカだねっていうだろうけど、ここまで人生バカを見たら、もうなんだっていっしょだよ。

そういう意味ではどんなにいろいろ経験して変わったかしれないけど、私はひばりちゃんを信じたい。世界のことや世界中の人を信じることはできないけど、知ってる好きな人くらいは信じたい。甘いとか言われても。お父さんなんて、甘いと言われたまま死んじゃったんだから。でも彼だって長い目で見たら悔いはなさそうだしね。

まあ、今のひばりちゃんに会ってみないとわからないけど。私も会ってみようとは思うよ。」

母はグリッシーニをバリバリ音を立てて食べながら、淡々と言った。そこには何回もそのことを考えてきたであろう心のシャープな凄みがあった。


「上之江くん、なんか感じがかわったね、なにかあったの?」

バイト先のチェーン店のカフェの同僚の、さらさらヘアで見た目もかわいいシズエがそう言ってきた。

ランチの波が去って、ちょっと空いてきたときのことだった。夕方また混んでくるときのための準備をする時間だった。冷凍の食べものを補充したり、足りないパセリを刻んだり。僕たち名コンビはなんでもやって店長に重宝されていた。

そりゃそうだろう、なんか重いものをいっぱい見聞きしたから、とは言えなかった。当分はひばりと親しく生きていくことになるのは目に見えている。そうしたらたとえばこのバイトを、シズエに会うのが楽しみでやってきた、向こうも僕を憎からず思っている、淡い関係の色が変わってしまう。

いざ日常に戻ってみると、気は重くなった。あの程度の人数であの平和さかげんで気が重いのだから、もっと大きな宗教団体だったらどんなに大変なんだろうと思うと、気が遠くなった。

「なんか、人助けをしていたらいつのまにかその人が彼女みたいになりそうというか、あんなに楽しくない『タッチ』というか。いや、あれも楽しくはないのか。」

「え〜、ショックう。上之江くんのこと、ちょっと好きだったのに！」

首を振ってシズエは言った。

「そうそう、それそれ。そういう会話ができる世界にいたかったんだよ、俺はまだまだ。」

僕は言った。

「まあ、ほんとうにものすごく好きだったら、ショックう、とか言ってられないしね。」

シズエはさっと切り替えた。笑うと目が糸のように細くなるところが好きだった。いつもお客さんや仲間うちでモテモテの彼女は、いろんなことへのこだわりが薄く、会話していて楽だった。そこが人気の秘訣だろう。

「可能性を失うのがキツいんだ。」

僕は言った。

「ねえ、可能性がなくなることなんて、この世にある？　私たちのことじゃなくって。相手の子だって、可能性をいっぱい持ってるんだから、縛っちゃだめだよ。明日には別れてるかもって思うから続くことっていっぱいあるんだし。」

シズエは鼻歌を歌うように言った。

「そうか、状況が重すぎてわけわからなくなってたかも。」

僕は言った。

「そうだよ、人間はモノじゃないもん。面倒見る部分があるからって、責任感じることないよ。そういうとこからカップルって壊れてくんだよね。」

シズエは言った。しゃべりながらも手は動かしていて、ナプキンホルダーにナプキンをきちんと詰め込んでいた。

僕は食洗機から出た食器をこつこつと並べていた。

そうだ、ひばりに手助けが必要だからといって、かつて僕を好きだったからといって、これからもそうとは限らない。

未来の自分が考えるべきことを、今考えてはだめだ、そう思った。

それでも、ひばりの人生の重みがなかった退屈な日々の幸せの象徴として、シズエのさらさらヘアが目の前を横切っていい匂いがするたび、なんとなく僕は悔いた。

そして悔いてもなんでも、しなくてはいけないことがある。でもいやではなかった。自由になったひばりがどんなふうに生きるのか、見たいと思った。どんなふうに笑い、健康を取り戻していくのか。

ひばりとの奇妙な関係が初めてフラットになるのか、これまで以上にひばりの呪縛が僕を苦しませるのか、さっぱりわからなかった。

シズエのいる世界は軽くて、未知なるもので輝いていた。そちらに行きたい、つい先月までの自分に戻りたいと切に思った。

でもきっとひとたびシズエとキスしたり抱いたりしたら、全ては同じように重く変わってしまうのだろう。それを引き受けることは、多分、ひばりと過ごすことと同じくらいたいへんなのだろう。

このなんにも起きていない、可能性の淡い香りだけが、自由の味わいなのだ。それは別に僕の人生から消えるわけじゃなかった、と思い込みをしていた自分の頑なさをそっと外した。

明日なにをするか、自分で決めていい風通し。多少自分が荷物を分け持ってでも、とりあえず、それをひばりにも得てもらいたかった。

「彼らは彼らのかわいく幼い女の子じゃない私のことは、いらないんだ。今はもう過去ではない、彼らは変わった。それがいっそうよくわかった。そのことは我ながらとてもかわいそうだと思う。」

二回目の土曜日の面会のときも、ひばりは諦めた顔で同じ話をまたした。自分に言い聞かせるように。

多分金曜に親の部屋に泊まり、ここを出ることに関しての会話が、話し合いにさえならなかったのだろうな、と思った。

「出るために、もし身元引受人や保証人として母が弱くて許可されなかったら、いったん結婚して別れてもいいのだったら、この際結婚したっていい。もちろんもし結婚しても、形だけだ。別居だし、手も出さないよ。それは誓う。最後の手段でそのくらいしてもいいから、とりあえずここを出ようってことだ。がんばろう。」

僕は言った。

暗かったひばりの目に光が少しだけ宿った。頬が赤くなり、口角が上がった。でもすぐに冷静さを取り戻したように、こう言った。

「私、つばさと結婚しても、セックスしたいわけじゃない。いつかはするかもしれないけれど、今はとてもむつかしい。自分を立て直さないと。男子としてそれは大丈夫なのかな？

ここはある意味フリーセックスで、だから地獄。年頃の私は身を守るのに精一杯。もちろん強要はされないけど、いつもいろんな意味で危険だから。

私はつばさとまた家族になったり、手をつないだりしたいだけ。でもつばさと嘘でも結婚して、家族になって、そのあと籍を抜くなんて私にできるかなあ。私、死んじゃうんじゃないだろうか。重いよね。でも、そんなこと自分が受け入れる気がしない。だから最初から籍なんて入れないほうがいいかも。まるでおどしのようだけど。」

ひばりが言った。そして力なく、ふふふ、と笑った。

「つばさが私に嘘でもプロポーズしてるなんて、中学生の私に見せてあげたい。こんな変な形で夢が叶うなんて、想ったかいがあったねって。」

「俺だってこれから誰かを好きになるんだろうからね。もちろんひばりも。」

僕は言った。

恋するに決まってる。ひばりはその名のごとく羽ばたいて去っていくだろう。まあ、僕も名前では負けてはいないので、ふたりとも羽ばたいて、離れ離れになるのだろう。

そんなことはそのときになったらまた考えればいい。未来の自分に託すのだ。ひばりがここをすんなり出ることだけが先だし、「今」なのだ。その、常に「今」にふんばる、見返りを求めない力を僕は両親からもらった。

ひばりは真顔で言った。

「いいよ、それは全然いい。どんどん恋していい。だって若いから、誰かを好きになることは当然だと思う。決してそれを止めることはないよ。」

透明な目でさっぱりとした声でひばりは続けた。

「別にいっしょに住まなくてもいい。私は一人暮らしをして、働いて、週末だけつばさの実家に行って、ごはん食べて、なんなら泊まらないで帰る。私、ゆくゆくはつばさの恋人や奥さんやお子さんとだって仲良くできる気がする。最初はきついかもしれないけど。」

「そんな先のことはいいから、今のことを考えよう。母は養女という形も考えてる。でも、それだと、まだひばりを諦めていないかもしれないおじさんおばさんと法的にもめる可能性が高い。手続きも百倍面倒くさいんだ。それにここで何年も暮らしているぶん、いろいろ不利になることもあるだろう。うちの母が身元引受人みたいな存在になるのがいちばんよさそうだ。ここを出るようなら籍を抜け、とかそういう感じ、おじさんとおばさんにはある？」

　僕は言った。

「うちの親はそこは意外にゆるいというかバカなんだよね。お母さんは上之江さんにまたご迷惑をかけるなんて申し訳ない、なるべく早く戻ってきなさい、って言うばかり。お父さんはほぼ黙ってたけど、私がやると決めたらやるって知ってるから、今から外で暮らすのは厳しいぞ。ここでずっと待ってるから、ってだけ、最後に言ってた。だから私の夢はもうつばさの家にしばし身を寄せる、それ一択。勝手にしぼりこまれて最高にスッキリ。」

　ひばりはきっぱりと言った。

「そうかあ〜。そんなにねえ。あの、うちがいいかねえ。いつも節約できゅうきゅうしてるのに。俺、このTシャツ六年着てるよ。」

　気が抜けたようになって、僕はまぬけな声で言った。

　ひばりにとってここに住んで長い時間がたったということの、いちばん説得力がある部分はやはり見た目だった。まだ取れない汚れた包帯や、しわしわになってしまった手。痩せすぎて見えている鎖骨から感じる死の匂い。

　彼女はもう大人だし、自分で選んでここにいたのだから、みすぼらしく思うことはない。

でも、その感情はどうしても止められなかった。これじゃいけない、この人は本来こんなに弱っていていいはずがない。それだけは確信していたので、ゆらがなくてすんだ。

「ねえ、つばさはきっと、このあいだの帰りに、私が被害妄想を持っていて、ありもしない暴力をでっちあげてるって、精神的に不安定だって、言われたよね？」

ひばりは言った。

「うん、言われた。信じはしなかったが、いやな気分にはなった。」

僕は正直に言った。

「やめようとする人の周りの人には基本そう言うんだ。それで退会するまでを長引かせるの。そのあいだに、今まで以上に面談や補習や説得が入る。みかん様ともいつもの倍くらいは会えるようになる。みかん様にも、『彼じゃだめなのかなあ、かなり誠実に君を好きだから、きっといっしょになってしまえば幸せになると思うんだが。』と言われた。心揺れはしなかったけれど、重い気持ちになった。とんでもないことをしようとしてるみたいな。」

ひばりは言った。

「そりゃ、人間の心なんていちばん信じられない、主観がいちばんいいかげんだって、私のほうがよく知ってるよ。でも私はここにいないほうがみんなも平和だと思う。

親に、つばさとつばさのお母さんに最後に会って話して、って言ったら、今は違う気がする、時が来たら、とか、取られるようで複雑な思いだから、落ち着いたら会いに来いとか、入るときに払った保証金は持たせるとか、逃げることばっかりだった。

それで、ここで結婚しなさいよ、赤ちゃんを育てるの手伝ってあげる、産んじゃえばかわいくて納得できるよ、ってお母さんに一晩中お経みたいに言われた。ふとんをしいて電気を消してからも。

だから、上之江さんに身元引受人にはなってもらうけど、別に引き取られるわけじゃない、私は私の足でここを出ていくだけだって言ったんだけど。」

「ひばり、ほんと、そんな会話の続く中でよく壊れずにきたたな。」

僕は言った。

「もう壊れてるよ。とっくに。」

ひばりは悲しい目をして言った。

「いつもぎりぎりだし、いつだって気が狂いそう。こんなふうに外部の人に思ったことを言って、わかってもらえるなんて思ってもみなかった。やっぱりつばさは私の救世主だ。いったん出れるかもしれないと思ったらもう気持ちが止まらない。早く出たい。一分一秒でも早く。」

そのせっぱつまった内容とうらはらに、ひばりの声と見た目は落ち着いていた。それが傷というものなんだな、と僕は思った。

むしろ僕の生き方のほうがよっぽど信仰っぽいんじゃないだろうか、と僕は思っていた。

身の回りの小さなきれいごとを心から実行しようと思うこと。ささやかな市民の、あってもなくても地球には変わりがない程度の小さな行動の数々。人が苦しんでいるとつらいから、できるかぎり手をさしのべる、そんなことだけ。でもきっと大きな目で見たら、多分むだではない。実感として僕にはそれがあった。ひばりがここで耐えている間に、僕は僕でひとり育ててきたものがあったのだ。

「とりあえず、小さな夢から叶えようじゃないか。とにかくうちに来て、その後のことはまたいっしょに考えよう。うちの母と妹もいっしょに。男の俺には感覚的にわからないことも、きっとあの人たちがいたら話し合える。」

僕は言った。

「なんでもいいからここから自由になってくれ。それだけが俺の望みだ。」

「うん、うん、ありがとう。」

ひばりは真っ赤になって、瞳に涙をためた。そしてごまかすみたいに足を少しバタバタさせた。僕の知らない新しい癖だった。これから僕はいくつの新しい彼女の癖を、ゆがみを、頑なさを見つけていくんだろう。年月をかけてついてしまった、ここで生活していたことと、親に捨てられた傷の、あらゆる違う形を。


「僕の実家でひばりさんの身元を引き受けることにしたので、退会の手続きを進めたいと思います。」

僕は言った。

事務局の受付の若いお姉さんは当惑して上の人を呼んできた。僕は弁護士さんからの手紙と、母の書いた手紙を渡した。

「淋しくなるな、ミロがいなくなると。ほんと、面白い子だから。ミロはフジといっしょになるとばかり思っていたんだけどな。フジがショックで死んじゃうんじゃないか？」

手紙を読み終え、明るい笑顔を見せながら、その四十代くらいのマッチョな感じの男性は言った。ひばりの班のふたりいる班長のひとりだという。ああ、こいつがひばりの骨を折ったやつか、と思った。ものすごい怒りが湧いてきた。僕をいやな気持ちにさせるためにその男性の存在をほのめかしたりして、幼稚だなと思った。いろいろなことをむりに型にはめていると、こういうふうに性格の中にひずみが出るのだな、と思うと、ばかばかしく思えた。

ひばりはむっつりと黙っていた。これは、心の中で「ざまあみろ」と思っているときのひばりの顔だ、と僕はすぐ理解した。そこは小さい頃から変わっていないところだった。

「袂を分つことになっても、ご両親とは和解したほうがいいよ。退会を発表するのも急がなくてはね。そのときは、申し訳ないけれど会員だけの集いになる。恋人の方はいっしょに来られない。」

彼は僕の苗字を知っているのに、わざわざ「恋人の方」と言った。恋人じゃないけど。もっと大きな、名前のないつながりなんだけど。

「もういろいろ話し合いました。気持ちは伝わっています。両親とは、普通の意味では縁が切れるという覚悟はもうしております。会うのも面会の手続きを取る関係になるわけですし。」

ひばりは感情のない声で言った。

「では、上之江さん。来週までに退会に関する身元引受人の書類を書いてきてください。新住所や連絡先もお願いします。ひばりさんにはこの中の生活や教義を口外しないことの誓約書の記入と、こちらが発行して貸与したテキストや、共同で使っていた衣類の返還をお願いし、ここでの生活に関する守秘義務が盛り込まれたいくつかの書類を準備します。こちらの弁護士さんにも立ちあってもらうので、そちらの弁護士さんをその日にお連れくださるか、後日アポイントを取っていらしてくださるようにしてください。

揃った書類の双方の捺印とサインを確認して受理し、正式退会となります。

うちはほんとうに出入り自由なので、それだけでいいのです。ひばりさんはもう未成年ではないので、ひとりの大人としての個人の気持ちを尊重し、大切にしています。」

「わかりました。成り行きによっては、法的な手続きをとって、ひばりさんを養女にすることも考えています。」

携帯にメモを取りながら僕はうなずいた。

「ほんとうに、出られるんだ、私。こんなに簡単に。外部の人と連携したらすぐ抜けられるんだ。そんなふうにここを出た人って、私が見たところひとりもいなかったから、伝説だとさえ思ってた。

こんなことなら、十八歳になったとたんに出ればよかった。また一年もむだにしてしまった。信じられない。私、いつのまにか、ほんとうに洗脳されていたんだ。ショックだなあ。自分でも気づかないまま、望んでここにいたってことか。」

僕を送ると言って門まで歩くあいだに、ひばりはまだ呆然とした感じのまま、ひとりごとみたいにそう言った。

「それはそれはうんとショックだと思うけれど、しかたなかったんだと思う。十五と十九って、全然違うから。十五でここに入ったときは想像もできなかっただろうし、そこからは生活が変わらないからぴんとこないかもしれないけど、今はもうなんでもできるようになったんだから。

次は母を連れて車で来る。そのままその足で出れるかどうかはわからないが、その方向性で持っていこうと思うから、荷物をまとめておいて。不安なら親の籍から出ることも手続きさえふめばむつかしいことではないと聞いたし、それについては、弁護士さんにまずこちらから出た書類を確認してもらって解決してから、少しずつ進めるといいと思う。ひばりが一人暮らしをするところの住所は伝えないほうがいいと思うので、うちを連絡先にしておきたいから。」

僕は言った。

「私物なんてほとんどないよ。スーツケースもいらないくらい。あってもここでの記念写真とかだから、親の家に置いてくる。面倒なことに巻き込んでごめんなさい、そのことはよくわかってる。かかった費用も必ずお返しします。」

ひばりは言った。こいつのことだから、返すと言ったら返すんだろうな、と思ったので黙っていた。ひばりは続けた。

「もう男に襲われる心配もないんだ。夜ぐっすり眠れるんだ。自分の好きなものを置いた部屋が持てるんだ。」

「中の話を外でしちゃいけない誓約書を書くって言っていたけど、そんな目にあって警察にも行けないし、手記も書いちゃいけないなんてひどすぎるな。それが最初の収入源になるかもしれないのに。」

僕は言った。

「いいよ、私は出られればいい。好きでここにいる人たちまで害しようとは思わない。手記も書かない。私のような人が連絡してきたときのサポートはするけど、できるかぎり、小さく、目立たないようにしていきたい。私は私のあるべき人生を生きたいだけだから。

全てはひとりでも進められたはずのことだったのに、ほんと、ごめん、つばさ。面倒なことを人生に増やしてしまった。私がこの世の誰よりもつばさの自由を願っていたのに。」

ひばりは言った。

「それはしかたないよ。なまじ厳しい宗教ではないからこそ、親を捨てるのはむつかしかったと思う。きっかけを作るくらいのこと、なんでもない。」

僕たちは大人になって再会してから、初めて自由の中で歩いていた。まるで子どものときのように。

「よく帰り道、港まで歩いたよね。つらいときはいつもあの港の夕暮れを思い出した。私の大好きな海岸が港の向こうに広がっていて、急に開けるような、自由な感じがした。光が海に映ってにじんで七色になってきれいだった。

あの日、初めて少しだけつばさが振り向いてくれた帰り道。あそこからやり直せたら、って何回考えただろう。

今、まるであの帰り道みたい。あの景色だけが私を支えていた。目を閉じると、夕暮れの港の灯りと、つばさの気配と、唇の感触と、これから歩いていく楽しい道のりが終わりませんようにと思ったあの日が浮かんできて、少しだけ息ができた。そしてついに実際に助けを求めてしまった。」

「いや、その思い出話、なんか恥ずかしいからやめてくれ。」

僕は照れるので精一杯だったが、ひばりはそれを受け流して言った。

「十五じゃなくなったことで結果こうして自立もできるけど、逆にここにいるということでは、何よりも結婚ができるようになっちゃったのがやばかった。内部で結婚さえすればずいぶんできることが増えるって、親を含めて何百回もみんなに言われた。子どもを産めば小学生までは全員いっしょに暮らせるし。その後、子どもはたちまでは、今の私みたいに近い年代の人たちと寮で暮らすことになっていてね。だから親になるとその後も自分は自分の親と一軒家で暮らせるわけ。そこに毎週末、子どもが帰ってくる。三世代に至ったそんな人たち、まだ会ができて浅いから四組しかいなくって。いちばん模範的な将来がそれで、それになれるなんてすごすぎるってみんながあまりにも当然のことのように喜んでいたから、自暴自棄になりそうになった。」

僕は頭を抱えたくなった。ひばりは続けた。

「でも、どうせそんなことになるなら、最後の最後に、やりたかったことをやってみよう、命をかけてでも、そう思った。だからつばさに手紙を書いたの。あの手紙がこんなすばらしい場所に自分を連れてきてくれたなんて、信じられない。やってみてよかった。これは奇跡よ。」

「そこで弱気にならないでくれ。かつてのひばりが努力してきたから今があるんじゃない？　うちの家族に対して絶え間なく憧れを訴えてくれたじゃないか。うちだってけんかしたりするし、家族のもめごとはあるよ。まあ、父はああなったし母はいろんな意味ですごいが、それにしてはごく平凡な家族だと思う。ひばりがあれほどまでに良く思ってくれたことが、俺や母を支えた側面もあるような気がするんだ。そういういろんなことは一方通行ではないよ。」

僕は言った。

恋かどうかはさておき、強烈な渦に巻き込まれながらも信頼関係を認め合ったふたりの初めての自由な時間はとても短かった。僕たちは門にたどり着き、もう別れる時間がやってきた。

「これから、いろんなことがあると思うけど。」

ひばりはにっこりと幸せそうに笑った。一瞬だけ、痛ましい見た目が消えて、昔のひばりのふっくらした頬が戻ってきたように見えた。

「ずっと、親友でいてほしい。誰よりも味方でいてほしい。私もそうする。」

「百回告白してきて、最後の最後は親友宣言とは。」

僕は本気で腹を抱えて笑ってしまった。

つられてひばりも笑った。そして言った。

「私の人生の歪みがそのまま順番に反映しているだけよ。私は、ゆっくり生きてみたいだけ、何も急ぎたくない。でも、全くのゼロからのスタートだから。だからなによりも味方がほしいの。」

そのふせたまつ毛を、尖った鼻の横顔を、愛おしいと僕は思った。

気分のいい再スタートだった。

いろいろありすぎたから、せめて再スタートくらいはいいものであってほしい、そう思った。

人の心の重みとは全く別に、道の両脇に花は咲き乱れ、夏をその全身で語っていた。かげろうのように空気が揺れて、色とりどりの野性味あふれる花々も風に揺れ、あまり手の入っていない丘の一本道は草の香りでいっぱいだった。光が当たることで香りがたつのだ。僕たちの影は細く伸びていた。

希望を得て生命が彼女に吹き込まれていくのがわかった。人の喜びがこのように露骨に自分の喜びになるなんて、と僕は驚いていた。

全てが美しく、新しく見えた。


僕の携帯電話にその電話がかかってきたのは、ひばりを迎えに行く前の日、土曜日の朝だった。

ひばりのことを常に頭に置きながら、僕と母は平静を装って、あえてひばりの話題をあまり出さず、いつも通りに暮らしていた。日々ひばりと連絡が取れないのだからそういうふうにするしかない。このペースを乱すことがひばりを壊してしまうんだと言わんばかりに。どうか無事に早くその日が来ますように、書類の不備やひばりの両親の抗議などで足止めを食らいませんように、心のどこかにそんな不安があった。だから着信があったとき、いやな感じがした。

電話の向こうの人の声はうわずって少し震えていた。

「あの、こちらはみかんの会の、久保と申します。あの、ちょっと、事件が起こりまして、明日日曜日にお迎えにいらしてもらっていいのかどうか、わからないのです。」

「いったい、何があったんですか?」

僕はたずねた。

「実は……人がひとり自殺を図りまして。生きてはいるんです。今入院中で、助かると思います。しかし、ひばりさんがたいへんに傷つきました。

もしお時間ございましたら、明日、ひばりさんを引き取られる時間の少し前にお立ち寄りいただいて直接説明をすることは叶いますでしょうか?」

彼女は言った。

「ひばりは? ひばりは無事なんですか?」

僕は言った。

「精神的に混乱していたのでとりあえずご両親の家にお連れしたのですが、ご両親が退会を止めるのがきついと言って、今は同室の人がいる自室ではなく、ゲスト用の部屋にひとりでいてもらっています。ご無事ですが、食事も取らずに部屋にこもっています。たいへんなことが起きてしまいました。」

その人は言った。

「わかりました。いや、ひばりが無事で生きているなら、予定通り明日、母と行こうと思います。ひばりはまだ退会の意思を持っているんですよね？」

僕は言った。

「はい、それは間違いないですし、今夜もご自身のご家族と過ごされる気持ちは全くないようです。このまま会わないで別れると言ってました。」

久保さんという人の心が、ほんの少しだけプライベートな感じで僕に向けて開いているのを感じた。人が死にそうだというのが、ひばりが殺そうとしたのではないといいが、とだけ真剣に思った。

「これで電話を切るわけにはいきません。どうか概要だけでも聞かせてください。一体何があったんですか？」

僕は言った。しばらく久保さんは黙っていたが、決心したように口を開いた。

「それでは、正直に言いますね。ここだけの話にしてください。お願いします。私がここでうまく生きられなくなってしまいそうなので。そんなことをお願いしながらも、私はひばりさんと心が通っていた中のひとりだと思います。

私はひばりさんより少し歳が上なのですが、私も両親がここに入った最初の世代で、ここの人と結婚して子どもを産み、両親と二世帯住宅で暮らしています。なので、ひばりさんにもそうしようと説得していました。そのことをとても後悔しています。でも、それは、私のことであって、ひばりさんのこれからには、今はなんの反対もありません。ただ申し訳なく思っているので、せめてお伝えさせていただきます。

お聞き及びかもしれませんが、ひばりさんが十八になり結婚できる歳になってからずっと、ひばりさんのいる班のフジさんという班長さんとのマッチングが会をあげて推奨されていたのです。もちろんひばりさんはNOを言っていましたし、みかん様も、本人がいやなら保留でいいんじゃないか、とはおっしゃっていたので、今まで実現されなかったのですが。

先ほども申し上げました通り、私は自分と同じ道を歩んでくれたら嬉しいと思い、日々説得を重ねる側でした。

ひばりさんのご両親はその結婚に大賛成で、やはり説得を重ねていました。それは退会のお話が出てからも引き続き行われていたのですが、先週、ひばりさんの意志のかたさに、ご両親はいったん説得を諦めたのです。いったんは出てみるといい、と認められました。

そしてひばりさんが出ていくということが夕方の瞑想のときに発表されました。

昨夜、ひばりさんはご両親の部屋に宿泊される予定でしたが、気持ちが乱れるからと言って自室に戻られました。

そして思い詰めたその班長が、ひばりさんの部屋に入り、乱暴をしたんです……その後に自室に戻り、医務室から盗んだ睡眠薬をたくさん飲みました。時間を必ず守る彼がミーティングに来ないのはおかしいということですぐ発見され、市内の病院に救急搬送されました。

ひばりさんはそのことは何も知らず、体を洗ってバスタオルを巻いたまま、顔に怪我をしたまま、自室でひとり呆然と座っていました。ルームメイトは親御さんのところに泊まっていて留守にしていたので、ひばりさんの状況にしばらく誰も気づかなかったのです。すぐに医務室に連れて行き、そこからやはり市内の病院で処置を受けました。」

誰もいないところでの電話は長くはできないのだろう、急ぐように、さらさらと久保さんは言った。

僕の目の前は文字通り真っ暗になっていった。

さっきまでの浮かれた気持ち、明日ひばりが来たら、とにかくいっしょに書店やコンビニに行こう、貯金が減ってもいいからお祝いに服でもなんでも買ってやろう、安い携帯をいっしょにネットで調べよう、でもいっぺんにやりすぎると刺激が強いから、様子を見なくては、などと浮かれていた気持ちがぐしゃっとつぶれた。その残酷さといったら、道で動物が車に轢かれたのを見たときのようだった。もう戻れない、聞く前には、永遠に。

そしてひばりが今どんな気持ちでいるのか、考えただけで苦しかった。

「ひばりは、怪我をしたんですか？」

僕は言った。

「はい、レイプされて、顔に傷を負いました。切ったのは頬の内側なので、早く治ると思います。骨折したところも、治りかけていたのですが抵抗して痛めたらしく、また腫れています。治療はきちんとされています。レントゲンも撮りました。回復は多少遅れるが、大丈夫だそうです。」

久保さんは言った。僕はどうしていいかわからなくなった。

「とにかく、これからのことは明日からひばりといっしょに考えますから、予定通り迎えに行きます。母も行くので、きっとひばりにはなぐさめになると思います。弁護士さんは後日うかがうそうです。ひばりは僕よりもずっと強い。だから、大丈夫だと思います。久保さん、どうかひばりに、あと一晩だけ耐えてくれと伝えてください。ほんとうは今すぐに行きたいのですが、明日まで待ちます。ひばりが変な考えを起こさないようにだけ、どうか見ていてください。」

僕は精一杯冷静に言った。心の中は大パニックで、いてもたってもいられない気持ちだった。今すぐに飛んで行きたかった。

「わかりました。伝えます。必ず。」

久保さんはそう言った。

たとえ思想は違っても、いい人はいい人、そういう人もいる場だったからひばりはなんとか耐えてきたんだ、ひばりの言った通りだ、そう思った。

あのご両親が愛情を盾にどれだけひばりに結婚を勧めて、あの場所でいっしょに根づいていこうと説得したのかも、想像がついた。それではひばりはズタズタではないか、と僕は思った。そのレイプがひばりにとって初めてのことだったのかどうか、考えるのはやめた。妹が乱暴されたことを考えるのと全く同じ、激しい感情が僕の中で渦巻き、ほとんど眠れなかった。

僕と母がメインの建物に入っていくと、ひばりはロビーの奥の受付の脇に、ヨレヨレのボロボロの、吹けば飛ぶような感じで壁に寄りかかって立っていた。

そしてなぜか黒いワンピースの水着にコンビニ袋を持って、大きなタオルを羽織っていた。足元はスニーカーだった。

「おまえ、なんなんだ、そのかっこうは。今から海に行くのか。」

僕は言った。そんなことがあった後に初めて会って、他にもっと言うことがありそうだったが、そのくらい異様な光景だった。

「だって、これしか私服がないんだもん。ここの服なんてもう絶対に着たくないもん。今月はあいつが洗濯係だから、あいつの手が触った服しかない。あんなやつ死ねば良かったのに。」

ひばりは言った。

母は黙って自分の薄紫のストールを外し、ひばりに着せかけた。

ひばりの目は暗く、顔の半分が赤みを帯びてひどく腫れ、おたふくかぜの人みたいだった。その吹けば飛ぶような見た目とはうらはらに全身が怒りに燃えていて、触ったら火傷しそうなくらいだった。

母と僕はひばりに寄り添って、その小さな手を取った。

ひばりは母と僕の手をしっかり握り返した。

「ひばり、ちょっと来い。」

僕は言った。

「なに?」

ひばりは言った。痛ましく腫れた顔で。

「着替えに行くよ、ほら。」

僕は言い、ひばりの手をひっぱった。

「女子トイレある?」

「あっち。」

ひばりは指さした。

誰も僕たちを止めなかった。ひばりもすんなりついてきた。

女子トイレには幸い誰もいなかったので、僕は戸を開けたまま洗面台のあたりに立って、ひばりに背を向けて自分の服を淡々と脱いだ。サイズは違いそうだが、ベルトがあるから大丈夫だろう。

「なんで急に脱ぎ出すの? それがレイプされた後の女子に対してすることなの?」

ひばりは僕の後ろで、大らかにげらげら笑った。すべての感情を突き抜けてしまったようなようすの彼女は、まっさらな、ぽかんとした顔をしていて、とてもきれいだった。

「女子ってなんだよ、もう成人だろ。これをおまえが着るんだよ。」

僕はパンツ一丁になりながら言った。

「へえ、そうか、つばさってこういう裸してるんだね。ふくらはぎが発達してるね。」

「うるさいな、見るなよ。それこそがセクハラっていうんだよ。」

「だって、もしかしたら初めて見るかも、つばさの裸の背骨とか。」

「恥ずかしいからやめて。ほら、服。体があちこち痛いなら、そんなしめつけるかっこうはだめだ。」

「ほんとうにいいの？　ありがとう。」

「そんなかっこうでそのへんを歩いたら、二次災害が起きるよ。」

「助かります。でもね、私、ふざけてるんじゃなくて、ここのものを何一つ持って出たくない気分なの。見るだけで吐きそうなの。身につけられないの。」

「わかるよ。だからこそ、この手段に出たんだから。」

そんな会話をした。トイレの天井に僕たちの声は乾いた明るい音でよく響いた。

僕は着ていたTシャツとデニムをひばりに手渡した。ひばりは、個室に入っていった。

「出てようか？」

僕は言った。

「ううん、そこにいて。まだ怖い、こういうところでひとりになるのが。」

ひばりは言った。僕は悲しくなって黙ってしまった。

しばらくごそごそ音がして、ひばりが言った。

「つばさのTシャツ、生あったかい。なんなら私の脱いだ水着を着る？　パッパッで。」

「遠慮しとくよ。」

僕は言った。

ひばりは僕の服を着て、個室から出てきた。

「Tシャツだけだと透けるから、お母さんのストールはお借りしたままで行くね。この水着はこのトイレのゴミ箱に捨てていく。」

新しい世界に一歩踏み出した、僕の服を着たひばりはそう言った。もうここのものに何一つ触らせるものか、と僕は思った。

「うん、じゃあ俺はひばりの羽織っていたタオルを巻いていくよ。」

ひばりはそっとタオルを僕に手渡した。ふわっとひばりの甘い匂いがした。

着替えてロビーに行くと、気分が少しだけ明るく変わった。

母が説明を受けていたので、後ろに座ってしばらく聞いた。母のストールを肩にかけたひばりは、僕の服の中で小さく見えた。

「すぐに病院に行きましたので、検査はしてあります。病気の感染もなく、アフターピルも飲んでいます。ただ、そうしたことが起きたことだけはもう消せません。

ここでは男女の交際は自由です。そしてできた子どもはみんなで育てるか、お子さんのいないご夫婦が育てます。

そういう環境であることは、ご了承ください。警察には行きませんが、もちろんレイプはこちらでも厳しく罰せられます。罰する対象が今入院している状態なのでどうにもなりませんが、暴力を推奨していたとは決して思わないでください。彼の命に別状はないことはわかりました。彼が退院してきたら、しっかりとサポートして悔い改めさせます。二度とひばりさんには近づけません。お約束します。」

これまで会ったことのない、位が少し高そうな桜木さんという年配の女性が落ち着いた声で言った。医務室の先生だと言う。その人と、暗い顔をした先日のマッチョな班長と、幹部っぽい感じの知らない中年男女が立っていたが、みな黙っていた。

桜木さんからはその他に、事故や重病で手に負えないケースがあったり、出産する人がいると、彼女が付き添って外部の病院に行くのだと説明を受けた。

いざ赤ちゃんを産んでしまうと、入院しているあいだに普通の暮らしが恋しくなったり、そのまま赤ちゃんとずっと暮らしたくてやめる人もいるそうだった。その場合は桜木さんが説得に当たり、それでもだめなら父親不在の子どもとして縁を切る形で退会の手続きを取るのだそうだ。不自然だなあ、とぼんやり僕は思っていた。タオルにトランクス姿で。どんなにまじめな顔をしていても、すねが剝き出しでかっこ悪かった。

ひばりがドスの効いた声ではっきりと言った。

「あいつ、レイプのくせにコンドームつけたもん。妊娠するわけないよ。そういう小さなやつなんだよ、しょせん。そのわずかな隙に逃げ出そうとしてグーで殴られたのがこのほっぺた。自分の歯で口の中を切った。まだ血の味がする。」

そして立ちあがってすたすた歩き、カウンターに置いてあるティッシュを取って、ぺっとつばを吐き出した。そこにはまだ赤いものが混じっていた。

母はそれを見て握り拳を作っていた。手が震えていた。人間は心底怒るとほんとうに握り拳を作るんだな、と僕はショックを受けたままの頭でぼんやりと思った。

「私たちは一切、気にしません。ひばりちゃんを今日連れて帰ります。この会やその人物を訴えないだけありがたく思ってください。言っておきますけど、それは戦いたくないからではないんですよ。これ以上この子の気持ちを傷つけたくないから、それだけです。好きでこの中にいる方たちはそういう生き方をしたらいい。でも、この子はもう関係ありませんから。この子はもううちの娘ですから。」

母はひばりの肩に手を回してそう言った。

ひばりは母の肩にもたれかかって、ぬぐうこともせずに涙を流しながら、

「ああ、まるでほんもののお母さんがいるみたい。だって、昨日の夜、妊娠してればよかったのに、って、実の母に泣きながら言われたんですよ。かわいそうじゃない、あんなにひばりを好きって言ってくれてたのに、結婚してあげなさい、彼も命は助かったんだし、今からでも間に合うからって。もう息子のように思ってるのに、って。娘のほうはどうしたんだ、って思いましたよ、私は。

だから、氷のような目と声で、さようなら、今までありがとう、と両親に告げて部屋を出ました。今の感情だと、できればもう一生両親に会いたくないです。」

と言った。

母は言った。

「まあ、そこは時間をかけて考えよう。生みの母にはどうやってもなれないけど、肩くらいならいつでも貸すから。」

ひばりは笑みをたたえ、母の肩にもたれたまま、この地に残る彼らをじろりと見回した。

きっとひばりが自立して僕とすっかり別れたとしても、今日示しあったこういう愛というもののはじっこを互いに少しだけ握って、僕の心もまたいつだってあの夕暮れの港に、そしてこの場所での今、始まりの時間に帰ってくるのだろう。それだけはもう一生変わらないのだろうな、と僕は思った。

それはあまりにも強いシーンだった。

誰ももう話さず、光だけが窓から僕たち全員を照らしていた。なのにその場はまるで法廷のように確かになにかを裁いていた。

きっとこの施設内の全部が、昨日は大騒ぎだったのだろう。でもそのときは怖いくらい静まり返っていた。ひばりの両親の影はなく、電話をくれた久保さんという人も姿を見せなかった。音がないぶん、たくさんの目に見られているような気がした。

「私は後悔しません。さっき、友だちにつきそわれて、動物たちや畑や田んぼには挨拶をしてきました。わずかにいる親しい人とももう別れをすませています。」

ひばりははっきりとした声で、笑顔を見せながら言った。

そうだ、苦しくても悔しくても、笑顔で去ることが勝ちなのだ、と僕は心の中で拍手喝采をしていた。

「残りの書類のことや、手続きは、弁護士さんにお任せします。必要なら私が何回かここに参ります。とりあえず今日は今すぐ、この子を連れて帰りますから。」

母は言った。何も言わせないという雰囲気だった。母のこういう強さを、僕は子どものときに確かに何回か見たことがあったことを、はっきりと思い出した。

「つばさ、今、私はここを出ることができるのね。ほんとうに？　何回もこういう夢を見ては目を覚まして絶望したけど、これは夢じゃないんだね？　痛くてほっぺをつねれないんだけど。」

ひばりは言った。

「痛くないほうをつねれ。代償はデカかったけど、出れるんだ。これから取り戻していける。」

僕は言った。ひばりは腫れていないほうの頬をつねるふりをした。

そして僕たち三人はひばりを真ん中にして手をつないで堂々と、まあ、自分は親についてきてもらっている上にパンツ一丁なので偉そうなことは言えないが、出口に向かって歩き出した。

後ろに残してきた人たちの視線をしみじみと感じながら。

ひばりにとっては、親とのほんとうの別れを意味する歩みだった。それでも、一歩一歩顔を上げて、彼女は振り返らずに歩いた。

玄関の外はまぶしく、初めて話した広場を横切って門に向かった。

山々は美しく緑を萌やし、いつも通りにとんびが旋回していた。むせかえるような緑の匂いが僕たちを取り巻いていた。きれいだなあ、と僕は気が遠くなるような思いでそれらを見ていた。

このような完璧な世界を、暗くできるのは人間の心だけだ。

「ひばりちゃん、たいへんだった。」

母は言った。

「男の人に本気で意識を失わせるのが目的で殴られたの、生まれて初めてでした。怖かった。」

ひばりはつぶやくようにそう言った。

門を出るところで、後ろから「おーい」という声が聞こえたので、僕たちはいっせいに振り向いた。

少し小高くなっている建物の裏手の丘の上に、細いおじいさんが出てきて立っていた。日に焼けて、手足がしっかりしている。ちゃんと農作業もやっているし、おいしいものを食べて肥えていたりしていない。道で会ったら好きになってしまいそうな、姿の良いおじいさんだった。普通のTシャツに麻のパンツをはいていた。

「みかん様だ。」

ひばりは言った。

「あれが！」

と僕と母は同時に言った。

おじいさんはにこにこ笑って手を振っていた。

「なんだかごめんな、たっしゃでな！」

「はい。お元気で。両親をよろしくお願いします。」

ひばりは大声で言って手を振った。僕たちまでなんとなくお辞儀をした。

彼の姿が見えなくなってから、ひばりは言った。

「あの人のことは、嫌いじゃなかった。」

「人は集団になるとうまくいかないものなんだね。」

母はため息をついた。

「それにしたって仲間うちでのレイプ、自殺未遂、そのあとであんな笑顔をくりだせるなんて、あのおじいさんったら。」

「あの……実は、ここでのレイプや自殺未遂は、めったにないことではありますが、そんなにありえないことではないんですよ。みかん様はこのこともあまり詳しく知らないと思います。」

ひばりは言った。

「たいがい、みかん様によってではなく、他の人たちによってレイプはレイプではなかったことにさせられてしまいますし。つまりまあ、相手と結婚することになったり。夜這いの時代とあまり変わらないシステムなんです。どうしても意に沿わない人なら、すぐに別の人が当てがわれて、結婚で傷を癒すはめになったり。

私は、その班長に何回も本気で告白されて、何回か襲われかけていたんですよ。つど逃げ出したりするのがもはや日常になっていました。

つばさ、ごめんね、露骨な話をして。

犯人が彼かどうかわからないですが下着を盗まれたり、彼にはひんぱんに抱きつかれてキスされたり、下着の脇から強く指を入れられたりしたことは、前もあったんです。だから自分が処女だったのかどうかも、あやふやなんです。完遂されてしまったのは今回が最初でしたが。私も悪いんです。彼の強い気持ちにだんだん慣れてきてしまって、抱きしめさせてあげたらすぐ解放してくれるからがまんするか、とか、結婚しようと言われても、笑って逃げてるからいいいか、みたいなふうになってきていました。そのくらい長くしつこく追いかけられていたんです。

あまりにもいやだったので、もし私がつばさに同じ思いをさせていたのだったら、ごめんなさい、と神様にたくさん祈りました。私の心の神様にですけど。」

「いや、ひばりはそこまですごくなかった。っていうか、すごかったけど別のすごさだったから。安心して。」

僕は言った。ひばりは少し涙ぐんで続けた。

「ほんとうはやつを花瓶や竹刀で殴って殺してでも抵抗したかったのですが、そんなことをしたら、出られなくなるかお縄になって別の箱に入れられてしまうことになるので、そこまでは抵抗しなかったんです。ごめんなさい。私にとって、知り合いにレイプされることなんかよりも、出ることのほうが大事だったんです。

それに母の意見に賛成するわけじゃないですけど、少しだけ気の毒に思えてしまって。だって、あの人はほんとうに本気で、年末には私と結婚できるって思っていたんです。心から夢見て信じてたんですよ。楽しい将来、子どもをたくさん作りたいって、ご両親を大切にするって、何回も言われました。私がどんなに無視していてもとっても楽しそうでした。そういうことを思い出したら昔の自分の姿を見るようで、殴られたのも怖くてすくんでしまったし、約束したのに、って泣いているあの人に抵抗する気がなくなってしまいました。でも、着衣のままでしたし、絶対キスとかさせませんでした。」

「そんなこと言わなくていいし、何も気にしなくていいよ。」

母は言った。

「そうだそうだ。」

情けなく僕は続けた。

ひばりがひばりの性格の輝きを失ってない限り、今の興奮状態が醒めたらどんどん傷になっていくであろうできごとだが、そのたいへんさを受け入れる気持ちしかなかった。まだひばりはひばりのままだ。心を失ったわけではない。僕たちは間に合わなかったのではない、きっと間に合ったのだ。

もう振り向かずに、まっすぐ車に向かった。

あのおじいさんの姿を僕は一生忘れないだろう。全然邪悪な感じではなかった。

でも、だからこそもっと重い気持ちになった。なにかを悪くしようと思って始める人はいない。だんだんズレていくのだ。その感じはこの世のあちこちにありあまるほどにあふれている。

「おばさま、私、バイトをして少し離れた山の中に家を借りて、鶏を飼って卵を採ります。畑で野菜も作れます。そうしたらおばさまのところでもちろん無料で使ってください。私、ちゃんと役立ちます。大人になったんです。いろいろなスキルも身につけています。どうかよろしくお願いします。」

ひばりは言った。母は答えた。

「頼もしいなあ。でも、そういうことはゆくゆくひばりちゃんがしたいことなら、するといいよ。これまでの日々を無駄にしたくないでしょうし。」

「鶏や植物は好きです。人間よりもずっと。その関わりは続けていきたい。」

ひばりは言った。

「まだ考えるのは早い、早すぎるよ。でもしたいことがあるのはよかった。少し落ち着いてからゆっくり考えよう。鶏を飼えるところってけっこう町内から離れてると思うから、バイクや車で行くにも免許取らなくちゃだし、急に決めるよりじっくりできることからしていったほうがいい。まずはしばらくうちに泊まって。焦ることないよ、あの場所をひばりちゃんは永遠に後にしたんだから。よくがんばったよ、ほんとうに。」

母は言った。

「永遠に……夢のよう。」

ひばりは言った。傷がにじみでているかすれた声で。

僕はひばりの肩を抱いて、ひばりをぐっと引き寄せた。妹にするみたいに。僕にあずけたひばりの体は棒のように細かった。この細い体で何年もひとり戦い続けてきたのか、と思った。

あの場所を出てから駐車場にたどりつくまでの道は、永遠のように長く感じられた。僕たちは母の車に乗り込んだ。母が運転席に座り、僕が助手席に座り、ひばりが後部座席に座った。

「着くまで寝てていいよ。」

と母がエンジンをかけながら言った。

しばらく走ってミラーを見たら、ひばりは寝ていた。口を開けて、目の下には真っ黒い隈ができていて、ほっぺたは腫れて、だから閉じた目の片方が小さくなって。

死んだ人の顔のようだった。


僕たちは家に寄って着替えた。ひばりは車でぐっすり寝て目を覚ましたら、生まれ変わったように生き生きとしてきた。

今夜の食材の買い出しがてら、いっしょに遠回りしてあの懐かしい港に散歩に行った。ひばりが行きたいと言ったのだ。

ほぼ過疎みたいになっている町のさびれた港の景色はほとんど変わらないが、僕たちだけがいつのまにか何歳も歳をとっていた。そしてあのときと違って、海には夏を迎える前の独特のもわっとした暖かさとパワーがみなぎっていた。

母の服（ババくさいデザインの化織のワンピースだったが、最近見ていたいつもの服よりも娑婆感があって全然よかった）を借りたひばりと、まるで若い夫婦のように、エコバッグの中に食材を入れて、ぶらぶらと歩いた。

すれ違う誰もが僕たちを平和なカップルだと思っただろう。でも僕たちの心はへとへとで、そしてまっさらにさらされていた。

波の音が低く静かにくりかえし耳に届いていた。

もう空は暗く、人気もあまりなく、たまに自転車のライトとすれ違うくらいだった。

ひばりは頬に冷却シートをべったりと貼っていた。冷やしたのがよかったのか、じょじょに腫れは引いてきていた。

「ここをつばさと歩くこと、億万回くらい思い描いたよ。だんだん記憶がすりへって、ほんとうにあったことかどうか、わからなくなるくらいだった。」

ひばりは言った。

「でも、やっぱり親のことも思い出す、この町にいると。昔、お母さんが、お客さんにお尻を触られたり抱きつかれたりして、へらへら笑っているところも、お金がなくてお酒が買えなくてお父さんが友だちに差し入れをおねだりしているところも、いやだなあ、とは思っていたのね。

お父さんが爪を切ったあとの爪切りに爪を入れっぱなしにしてるところも、お母さんが水虫に薬を塗ってのたうちまわってるところも。

でも、今となっては、そういうものがすっかり取り除かれた今となってはよ、親のそういう愚かしいところがいちばん見たい。

私ってひとりっ子だから、私がそれを忘れてしまったら、この世からその痕跡はなくなってしまうんだって、気づいたの。過ぎ去ったものって決してもう帰ってこないよね。でも、あったことと、なかったことになったこととってやっぱり違うじゃない。」

ひばりは言った。

「思ったことを話す場がなかったので、言葉ばかりが多いのはごめんなさい。」

「全然いいよ。」

僕は言った。

しかしそれ以上は何も言わず、僕は自分の悔しさを語らずに黙っていた。あんなに堂々と何回も訪問して自慢げにひばりの退会をアピールしなければ、ひばりが襲われることはなかったかもしれない。僕の一生にそのことは重く残るだろう。ボディーブローのようにどんどんその事実は効いてきて、その男が夢見た、すぐそこに当然あるはずの将来がなくなったことについて考えた。

勝手な思い込みを押しつけられた側の痛みを、彼は生き残ったとしてもわかることはないのではないだろうか。大勢が賛成している正しいことだと思っている強みってそういうものだ。

「ここにまたいるのが夢の中みたい。私のエリアビーチを眺めながら。」

そう言って、ひばりは涙を流した。お母さんといつも楽しそうに海に向かうぴかぴかのひばりを思い出した。幸せだった頃の。

暗い水は光を受けてきらきらと光り、うねるようななめらかな曲線をたまに浮かびあがらせた。

今は彼女にとにかく性的に接触すまい、この、男の体で。そう思った。時間はたくさんあるのだ。それが救いなのだ。そのあいだにこの淡い気持ちが消えてしまおうと、後悔はしない。

「私だけが前とはなにもかも違ってしまっているけど、嬉しい。少しへろへろでも、今のほうがいい、いつだって今のほうがいい。」

ひばりは言った。

僕たちの歩調も、中学生のときよりずっとのんびりしていた。まるであれからいろいろありすぎてうんと歳をとってしまったかのように。

いつか六十歳くらいになって、もう母もこの世にいなくて、鳩子も近くにいなくなったとしても、ひばりとここを歩けたらな、と思った。ひばりが遠くに住んでいても、もう単なる友だちになっていてもいい、ここを歩いて今日のことを思い出せたらな、と。

感情が激しく動きすぎた後の凪の心で、暗い港の灯りを見ている今を。

「私は、そんなにやわじゃない。最後はしくじって痛い目にあったけど。親と決裂して私だけ部屋に帰ってきたっていう情報があいつの耳に入っちゃったんだよね。ルームメイトがいないことも。うかつだった。出ることで頭がいっぱいで油断した。今はまだショック状態と多幸感で全体的にちょっと興奮気味だけど、私は決してこんなことでおかしくなったりはしない。」

ひばりは突然に、宣言するようにそう言った。

ドライヤーで髪の毛を乾かしながら、肩にはさっきのタオル。そのタオルは小学生のときにひばりが大事にしていたものだったことを僕は思い出した。

とにかく全くセクシーじゃない、ただ懐かしいだけの小学生みたいな様子の彼女。

でも、その小指にはまだ包帯があり、貼り替えた冷却シートはまだ顔の半分を覆っていた。

全然まだぼろぼろじゃないか、ひばり。そう思った。

「髪の毛を乾かしながらそんなこと言われても、よく聞こえない。」

僕は言った。

「ここに戻れるなら、なんでもしますって、神様に毎晩お願いしたんだ。でも、ぎゅっと願うと、神様もきっと迷惑だろうと思って、ふわっと願うことにしたの。ふわっとね。」

ドライヤーを置いて、濡れた前髪の隙間から彼女は微笑んで、手をふわっとした雲の形にした。その雲は軽くて綿菓子のようで、そのまま空に昇っていきそうな感じだった。

「そうしたら、今ほんとうにここにいる。この家のじゅうたんの上に。ああ、ありがとうございます。神様。私、今まで自分をなんていうところに置いてたんだろう。親さえも姿はいても中身はいない場所に。」

ひばりは言った。まるで祈りのようにおでこをうちの古いじゅうたんにすりつけて、何回も何回も手で撫でながら。

それは心からの声だった。

台所では母がカレーを作っていた。昔ひばりが好きだった骨つきチキンカレーだ。スパイシーで、りんごのすりおろしがたくさん入っていて、玉ねぎ多めの。

「ほら、事故物件に住んでる人って、いつのまにか慣れて不調とかラップ音とかなんとも思わなくなるって言うじゃない？　出て初めて、自分が調子悪かったことに気づくって。それと同じなんじゃない？　ひばりちゃん、そうよ、今が普通なのよ。ひばりちゃんの人生はひばりちゃんのものよ。別につばさとなんかつきあわなくっていいから、自由に生きましょう。今日は宴よ。傷にカレーがしみるかな。」

母が振り向いて大声で言った。すでに白ワインを飲み始めていたので、頬が赤い。

ひばりがそれを聞いて、

「しみても絶対にいただきます！」

と言って、ちょっと笑った。久しぶりのほんとうの笑顔だ、と思った。みんな気が緩んでいた。

あたりにはスパイスの香りと甘い香りが混じり合って漂っていた。

包丁がまな板に当たる音、静かに肉や野菜が煮える匂い。洗いものの水音。ステレオからは静かにドビュッシーが流れている。その旋律の力によって時間の流れが静かに保たれている。ひばりが焦がれた、うちのいつもの夜だ。

ひばりがいることでぐっと明るく、新しく、部屋が広がって感じられた。ひばりの光が四隅を照らしていた。

「ひばりの根性のすごさは俺がいちばんよく知ってるよ。今回も思い知った。」

僕は言った。

「今、もう取り戻してるもん、この手に、この足に、日常を。少しずつ、少しずつ慣れていって、私の人生に戻るんだ。」

ひばりは言った。

その歌うような調子が頼もしく、もしかしたらほんとうにそうなのかもしれないな、と思えるほどだった。

自分も大きな事件を乗り越えたことがある僕は、人間の生態はそんなに甘いものではないということをよく知っていた。できごとの圧も悪夢もくりかえし襲ってくるだろう。心が動かなくなって停滞することも、やっと忘れたと浮かれた夜に見る悪夢も、現実にはなくなりはしない。でも、くりかえし、そう、手を淡々と洗うように少しずつ、体は忘れていく。あのインパクトを、長く続いた暗い恐怖の日々を。

今週から早速ひばりの暮らす物件を探す話をぽつぽつと続けていた。ひばりが両親から預かって持ってきたというお金をちゃんと使って、なるべく早く。とりあえず鶏はむりでもうずらを飼うと言っているが、大丈夫な物件はあるのだろうか。でも今はなんでも実験してほしい。原付の免許もすぐ取るとひばりははりきっていた。

ひばりはしばらくのあいだ家に晩ごはんを食べにくるし、泊まってもいくだろう。すっかり生活が変わってしまう。目を閉じればひばりの顔ばかりが浮かんでくる日々だ。

これは僕の深いところでの望みだったのか？　それとも僕の人生が彼女の望みに飲み込まれただけなのか？

でも楽しくなかったらあらがったりしばらく岸に上がったり別の川や海を目指せばいい。それだけのことだ。

ひばりがいる、ここにいる。パジャマを着て。

それがどんなに懐かしいことか、望んでいたことか。訪れた心の平安に僕のほうが驚いていた。長く厳しい旅をしていたようだった。

「あれ？　私に見えていた何かが、今、つばさにも見えたんだね？」

ひばりは目を丸くして言った。

「やっと気づいてくれたんだ。つばさの顔を見たら私には、わかるの。でも、ここからがとても大切で……。

前に不思議な夢を見たの。どうしたらいろんなことがほんとうにわかるか、っていう夢を。

みかん様じゃなくって、私の心の中にいる神様みたいなものが見せてくれたんだと思う。

どんなことでも、どんどん、高く飛んで、俯瞰してみると、長く続けられるやり方がわかるの。

ここに私がいて、つばさがいて、おばさんがいて。

カレーの匂いがする室内をどんどん離れて、この県、日本、世界、宇宙。

そこから見たら、適切な距離かどうかがわかるのよ。

くっつきすぎたり、力みすぎてたら、パッと離れて、遠くから眺めていればいい。

ちょうどよい距離だったら、いつまでだって、いっしょにいられる。」

どんな悲しい環境でひばりがその考えを身につけたのか、僕にはほんとうにはわからなかったから、黙っていた。

でも、見える気がした。

高く高く飛んでいく、『よだかの星』という小説みたいに高く、ひとりで飛んでいくひばりの翼が。

「人生の重みから脱出しようとしたのがうちの両親だけれど、結局いちばん大切なはずだったものを大切にできなかったじゃない。向こうから見たら、彼らの健全さから勝手に私が外れていったことになるんでしょう？

でも私は、この世には何かもっと大きな大きな視点があるような気がするの。小さなひとりの人間だから、何かを突きつめれば、はみ出したり息苦しくなったりするに決まってるよね。

そのときにあんなふうに極端な方法を取るって言うことは、一見シャープなようなんだけれど、そこに何が欠けてるんだろう？　って私考えたのね。そうしたらわかったの。そこには愛が欠けてるんだってこと。

一見つまんなく見えることがたぶん愛なんだと思う。いつもしてるネックレスとか、道端の猫を撫でたら家までついてきたとか、脱ぎっぱなしの服から自分の匂いがしてくるとか、好きな人たちそれぞれの足音とか。

うちの両親にはそりゃあ哲学的なたくさんの考えがあったかもしれないけれど、やっていることは雑味を抜いた、人生の模倣、机上の空論をむりに現実におとしこんだ生活でしょう。雑味こそが人生かもしれないのに。そこから砂金を探す作業が一生の意味かもしれないのに。

いろいろあって仕方なく助け合ってるのかもしれないつばさの家のあり方は、私の憧れに過ぎず、幻想なのかもしれない。つばさは決して自由じゃないのかもしれない。でもね、私の心の中の健全な部分が、子どものとき、こうやってここでごはんができるのを待っていた時間の、温かい空間が、自分にとって何かとても大切なものの土台になっているってことがわかるのよ。それは親が持っていない、私だけの思い出なの。それだけを支えにやってきたほどの大きさで。

つばさのお父さんが亡くなって、しばらくたいへんなことになって、そして私がまた来るようになって……お父さんがいないのに、ここは前のままだった。ゆるぎない何かがこの場所にはあった。すごいと思った。そして自分の人生で見てきたもののなかで、それ以外に信じられるものはなかった。

私はつばさとつばさの家族に関わることによって、すでに両親とは違う道を歩んでいたんだと思う。私の心の中に両親との思い出がある限り、ここに何十年いたって、つばさのほんとうの家族にはなれない、そのことはわかってる。でも今はとにかくあなたたちと関わっていたい。それが私の思い込みでもいいの。

私から見て、みかん様よりもつばさのお母さんのほうがずっと偉大だし、実際人を救ってると思う。救う気なんてなくっても、生きてるだけで。そういう人は町にまぎれてきっと他にもいる。少なくとも私はこの家の人たちに救われた。

私、たくさんたくさん考えたの。脳の血管が切れそうなくらいに。たくさんたくさん考えても、結局あのとき直感した、つばさを初めて見たときの、ここが故郷だというような感じ、何か懐かしい感じ、少しもの悲しい感じ、あれが全てだったんだと思う。」

ひばりは言った。

あーあ、ひばりはこんなに賢くて、行動力があって、強くて、レイプされたばかりだっていうのにそのきつさはおくびにも出さないなんて。自分のことは自分で考えて決着をつけていて、かっこよすぎる。

「ひばりのことがいちばん大切だからご両親は結局あそこから出してくれたんだと思うし、それに矛盾しているけれど、ひばりが妊娠していたらまだまだいっしょにいられたのに、と思ったのも、きっと好きだからだと思うよ。腐ってるし歪んでるけど、大事に思ってるし、好きなんだと思う。俺に言われたくないだろうし、そりゃ、腹が立つだろうけど。」

僕は言った。

「うん、わかってる。全部『善かれと思う』世界だったからね。」

ひばりは言った。

「でも、今は先のことを考えることはない。いつか和解するかどうかも、考えなくていい。怒っていていい。怒ってるほうがきっといい。」

僕は言った。ひばりは強くうなずいた。

「それにしてもあんな猪突猛進だったひばりが、そんな俯瞰したようなことを言っているなんて、なんだかすごい。ひばり、もし口が痛くなかったら、ちょっとフルート吹いてみてくれる？」

僕は思いつきでそう言い、母にも言った。

「お母さん、練習用の俺のフルート、貸してもいい？」

「いいわよ。よく拭いてね、中。」

母は答えた。

僕はリビングの棚の引き出しから、何年も吹いていない練習用のフルートを出して、拭いて、組み立てた。

「なんで急にまた。変なつばさ。でも、すごくつばさらしい。フルートの吹き方、すっかり忘れてしまった、吹けるかな。懐かしいなあ。」

ひばりがフルートをかまえて、唇の角度を合わせて何回か音出しをしてから、「愛の挨拶」の冒頭を吹きはじめた。

「すごい……音が全然違う。きのう別れたばかりみたいに思えるのに、やっぱり何年も経ってるんだ。ひばりの変化が全部音に入ってる。」

僕は言った。

ひばりの演奏は変わらずつたなかったが、前のひばりと全く違った。音が柔らかく、深くなっていた。ひばりが遊んだ子どもたち、触れた動物、植物たち。ひばりが戦っていたもの。きっとむだなだけの時間ではなかったんだ、と初めて思えた。

「やめて、恥ずかしいなあ。私も、つばさみたいに、成り行き至上主義になったのかも。」

ひばりはしばらく吹いてから演奏を止めて笑顔で言った。何かを言葉でなく表現したことで、あそこを出てからずっとキッとしていたひばりの顔がふんわりと柔らかくなっていた。母は目を細めてふりかえった。懐かしい生徒の音だったのだろう。

音楽を表すこともまた愛の一部なのかもしれないな、とその効果のすごさに僕は思った。

カレーだって、じゅうたんだって。ひばりの言う通りだ。

「ところでちょっと待て、俺の生き方をそんなふうに……いくらなんでもそこまでじゃない。」

僕も笑った。

ひばりはていねいにフルートの中を拭いて、きれいに磨いて箱に戻した。時間は経っていたんだ、だから今ここに来ることができたんだ、そう思えた。

「ただいま。」

と玄関で鳩子の声がして、ひばりは嬉しそうに立ち上がって玄関に向かっていった。僕の前には箱に入ったフルートがあり、去っていくひばりの裸足のくるぶしがまぶしかった。夕飯が始まる。明日からの日々が始まる。

ぎゃ〜！　久しぶり、ひばりちゃんだ！　どうしたの？　顔大丈夫?という鳩子の声が聞こえてきた。レイプされて殴られたんだよ〜、こんどまたゆっくり聞いてよ、とひばりが言うのが聞こえた。

これが愛なのか、呪いなのか、成り行きなのか、運命なのか。どれでもよかった。ただ、もう二度とあんなふうに痩せてほしくない。あんなふうに包帯を巻いてほしくない。誰かに襲われる心配をしたり襲われたり、そのことを自分の中で暗い形で意気込んで消化したりしてほしくない。最後まで無事に安心して髪の毛を乾かしてほしいだけだった。

なんだよ、これはやっぱり親の心じゃないか、ひばりの思う壺だ、と僕は思った。

でも、なぜだろう、やはり心はこの上なく広々としているのだ。

決死で罠に飛び込んで傷だらけで逃れてきた小さな鳥を、大切に包み込むでもなくただ家に置き、その野生の回復力を信じる。空だ、空を見上げて目指せ。治ったらどこへでも自由に飛んでいけ、僕のことなんて忘れていい。どこまでも行け、ひばり。

かけねなくそう思っていた。

僕にとってもひばりのいた日々は、あの日の港の灯りは、僕自身を育てる夢と希望の土台となっていたのだろう。

あとがき

私はあの事件をもちろん全て報道の通りには受け止めていないけれど、そのことは置いておいて、安倍元総理が亡くなった頃、ちょうど様々なカルト集団について調べていた。「サーヴァント」というナイト・シャマランのすばらしいドラマがきっかけだった。

そこで、若い頃に「ハネムーン」という小説で描いた問題を少し掘り下げて、宗教二世というものについて書いてみようと思った。あの銃撃事件によってますますその気持ちは強くなった。大きなことや社会的なことではなく、そこにいたことがある若い人たち個々の心の中になにが起きるのかということを。

誰かが自分らしく好きなように生きる（ひばりちゃんの両親も、つばさくんのお父さんも）ことが、巻き込まれた近しい人を傷つけることがあるということを、人の心の動きとして、書いてみたかった。

好きなように生きてはいけない、という話ではなく、他者の自由を尊重した上で人と過ごしていけるのがいちばん良い、というようなことだ。しかし関係性に執着がある場合、それはとてもむつかしい。そしてたいていの関係性は執着から逃れられない。

千石イエスと呼ばれた方に会ったことがある。私は観察眼がしっかりしているので、あの方と周りのお姉さんたちのささいな仕草までよく見つめた。結果、誰がなんと言っても彼の周りにいる女性たちは全く嘘がなくわりと楽しそうに見えた。けんかもするしやきもちも焼くだろうけれど、それ以上に安心した、かけがえのない暮らしを手に入れた人たち、そういう感じがした。

そういう意味では丸尾孝俊さんの周りの人たちもそうだ。桜井章一さんの雀鬼会の人たちも楽しそうだし、そういう、誰か飛び抜けた才能を持つ個人を中心に、小さな信仰や信仰に似た形を取って普通の生活を離れている人たちの集団は、概ね良く機能しているように見える。

なぜ、団体になるとむつかしいのか、二世になると苦しみが出てしまうのか。

それは簡単に解ける問題ではないけれど、ひとつの理由はひとりの人を中心として生活する人が多くなりすぎることが、すでに自然ではないからだと思う。そして全てが移ろっていく中で、新陳代謝をしながら大きな人数の集団を強制的にではなく成り立たせることはすごくむつかしいから。人数が多くなるほど経済的な問題もいろいろ出てくるに違いない。

この宇宙では「自然」というものが最強なのだろう。だからこそ私の知っているそうした小さなコミュニティはいい感じに回っているのだろうし、確かな中心を持つ小さなコミュニティがたくさん存在して個人の心の支えになりつつ、他とリンクしながら、絶えず動き流れながら社会を作っていくのが、きっと人間というものにとってうまい方法なのだろうな、と思う。

中心となる人物がやがて亡くなるのも自然だが、そのエッセンスだけは残された構成員や書物などによって残り、いつかまたどこかで芽吹く。それも自然なことなのだろう。

伊豆を舞台に「TUGUMI」を書いたことがあるので、今回のタイトルは「ひばり」

かな、と最初思っていたのだけれど、書き終えてみて彼らを取り巻く美しい伊豆の風景が個人名に勝った感じがした。

ひばりちゃんががむしゃらに追い求めていたのは、つばさくんの家庭だけではなく、親と楽しく過ごした頃のあの町そのものなのだろうと思った。

こんな恐ろしい時代にやたらに善良である彼らを描くのはきれいごとだろうか？と少しだけ思ったけれど、私はやはり彼らみたいな不器用ないい人が好きです。


やっと出版できるのが嬉しいです。太田泰弘社長、二代続く幸せなご縁をありがとうございました。

担当してくださった深井美香さん、ありがとうございました。再会でき、いっしょにお仕事ができて、よかったです。

ばなな事務所のスタッフのみなさんもありがとうございました。半引退したはずなのにまだ仕事が多く、ごめんなさい。手伝ってくださりすごく助かっています。

伊豆に長く一緒に通った姉にしかこの表紙の絵は描けない！と思い、ハルノ宵子さんに装画をお願いしました。昔から姉の絵や描き文字が大好きです。自分がふだん描いたり好むのはもっとかわいく淡い世界なのですが、だからこそ姉の強いタッチに深く惹きつけられるのです。
姉の独特な線の魅力を活かしてくださった大島依提亜さん、ありがとうございました。

読者のみなさま、ありがとうございます。
単なるラブストーリーとして読んでくださってもかまわないです。私がいちばん好きなシーンは、ふたりがトイレで着替えるところです。人が人を救う決定的な瞬間って、ああいうささやかなことだと思います。

2023年春、ジャスミンが咲き始める頃　　吉本ばなな

吉本ばなな

1964年、東京生まれ。日本大学藝術学部文芸学科卒業。87年『キッチン』で第6回海燕新人文学賞を受賞しデビュー。88年『ムーンライト・シャドウ』で第16回泉鏡花文学賞、89年『キッチン』『うたかた／サンクチュアリ』で第39回芸術選奨文部大臣新人賞、同年『TUGUMI』で第2回山本周五郎賞、95年『アムリタ』で第5回紫式部文学賞、2000年『不倫と南米』で第10回ドゥマゴ文学賞（安野光雅・選）、2022年『ミトンとふびん』で第58回谷崎潤一郎賞を受賞。著作は30か国以上で翻訳出版されており、イタリアで93年スカンノ賞、96年フェンディッシメ文学賞〈Under35〉、99年マスケラダルジェント賞、2011年カプリ賞を受賞している。近著に『吹上奇譚　第四話　ミモザ』がある。noteにて配信中のメルマガ「どくだみちゃんとふしばな」をまとめた文庫本も発売中。

装画　ハルノ宵子
装丁　大島依提亜

はーばーらいと

2023年6月25日　初版

著者
吉本ばなな

発行者
株式会社晶文社
東京都千代田区神田神保町1-11　〒101-0051
電話　03-3518-4940（代表）・4942（編集）
URL　http://www.shobunsha.co.jp

印刷・製本
中央精版印刷株式会社

ISBN 978-4-7949-7367-2　Printed in Japan